泉·最美

美景·泉

父亲心中的胡海泉

胡世宗　著

人民文学出版社

图书在版编目（CIP）数据

泉·最美：父亲心中的胡海泉/胡世宗著． -北京：人民文学出版社，2011
ISBN 978-7-02-008779-2

Ⅰ．①泉… Ⅱ．①胡… Ⅲ．①传记文学—中国—当代 Ⅳ．① I25

中国版本图书馆CIP数据核字（2011）第217279号

责任编辑	胡玉萍
装帧设计	刘　静
责任校对	常　虹
责任印制	张文芳

出版发行	人民文学出版社
社　　址	北京市朝内大街166号
邮政编码	100705
网　　址	http://www.rw-cn.com
印　　刷	北京铭成印刷有限公司
经　　销	全国新华书店等
字　　数	173千字
开　　本	787×1092毫米　1/32
印　　张	10　插页2
印　　数	1—30000
版　　次	2012年1月北京第1版
印　　次	2012年1月第1次印刷
书　　号	978-7-02-008779-2
定　　价	28.00元

如有印装质量问题，请与本社图书销售中心调换。电话：01065233595

目 录

1. 一架钢琴让海泉迷上了音乐 * 002
2. 海泉原是一个痴迷的文学爱好者 * 020
3. 高考失利对海泉是人生第一次成长 * 044
4. 音乐诱惑着海泉只身赴京闯荡 * 068
5. 初来北京的海泉感到生活充实而美好 * 094
6. 家人对海泉的惦记、支持与关怀 * 122
7. 与羽·泉一块成长和成熟的庞大歌迷群体 * 162
8. "点儿"们的评论和羽·泉签售的故事 * 196
9. 荣誉与担当，终点也许又是起点 * 210
10. 海泉当EQ唱片董事长的日子 * 262
11. 海泉和羽凡的缘分是上天给的 * 284
12. 海泉携羽凡之手走过10年音乐旅程 * 304

后记 * 314

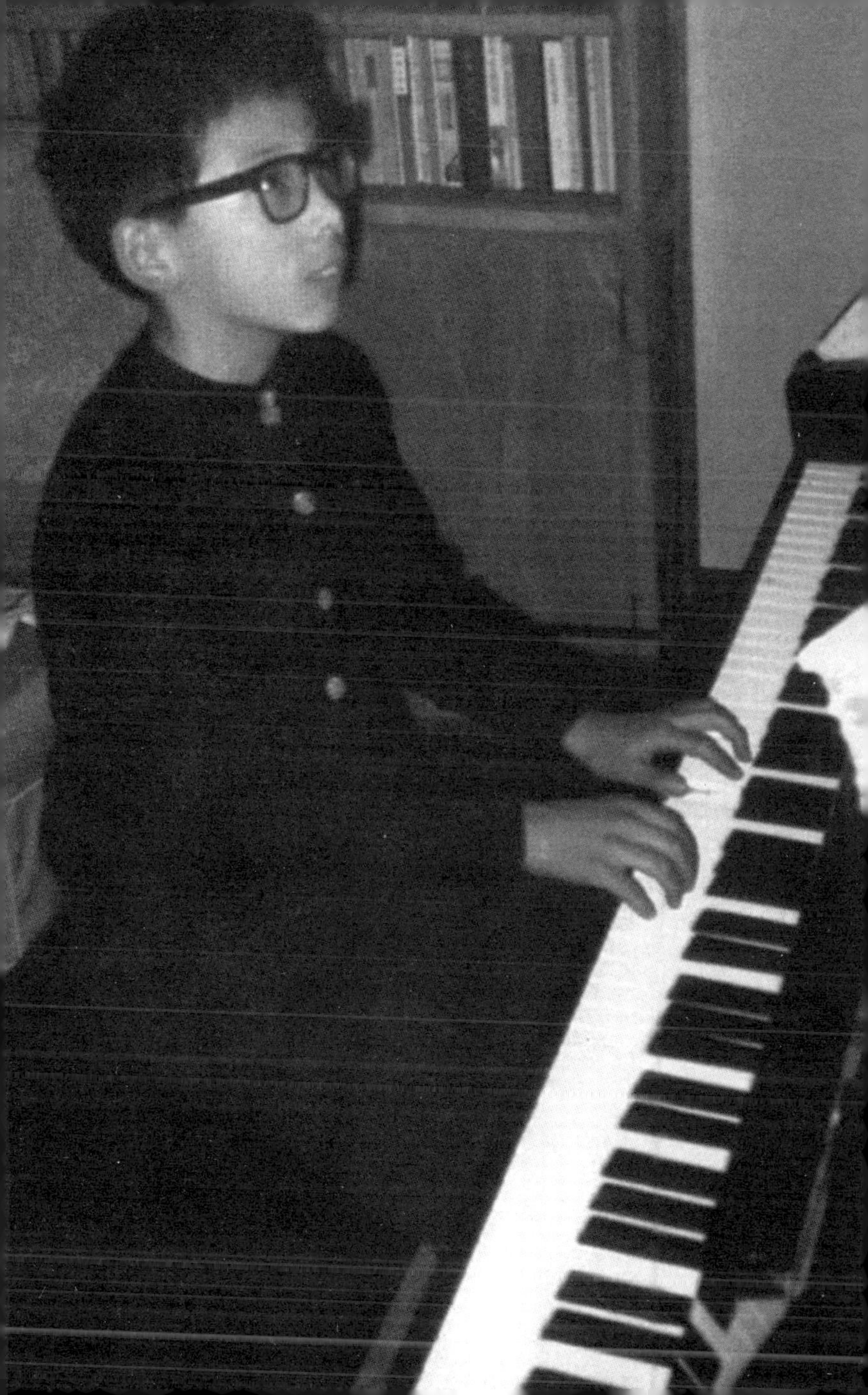

泉·最美
QUAN · ZUIMEI

1. 一架钢琴让海泉迷上了音乐

其实，海泉最早喜欢的不是音乐而是绘画。海泉从小学一二年级开始就对美术产生浓厚的兴趣。不用家长督促，他自己每天都会很用心地画画。画得最多的是《西游记》里的人物，其中最多的又是猪八戒。也许是因为猪八戒这个人物可爱可笑之处多些吧！他画得比较多的还有机器人、坦克车、古代武士、熊猫、鸽子、花卉、大象、小兔、狐狸……他有一个"习画册"，大约是小学三年级时的本子。他自己主动开展了"每日一画"的活动，每天都要画一张画，这可不是家长给他规定的。我和他妈妈认为，对孩子的培养，最主要的就是鼓励、支持他正当的兴趣和爱好。为了支持他喜欢画画这个爱好，我和他妈妈专门在客人一进门就能看见的小客厅的拉门上，布置了"海泉的画"展览。"海泉的画"几个字是我写的，很大，很显眼。大约能展出他八九幅画吧，有了新的就换下旧的。客人一进门，都能看到海泉的绘画习作。我清楚，他画的画，并不比其他

004 泉 最美

// 海泉画的动物
// 海泉画三猪图
// 海泉画四人头

孩子出色多少，但自己的孩子有这个爱好，家长的责任就是全力支持和鼓励。

海泉对美术的爱好一直坚持到上大学。他在读大学时，还报名到沈阳鲁迅美术学院的培训班进修呢！每周有两个晚上要去上美术课。记得有一次海泉做客电视访谈节目，主持人让他当场画一幅画，他迅疾地勾勒出一幅猪八戒的肖像，惟妙惟肖。我和海泉探讨过这件事，我说，一个人学什么都不会白学。你看赵本山，原本是民间艺人，坐到钢琴前与上能弹奏出世界名曲，操起毛笔能写一笔好字，都令人敬佩不已。你看阎维文，在央视元宵晚会上跳一段芭蕾，很像那么回事儿。这就是艺不压身啊！

海泉对音乐的兴趣和造诣，完全是因为当年家里购置了一架钢琴。而这架钢琴的购置，对于我和我们家，却又完全是被动的。

上世纪80年代初，整个国家开始了改革开放，让孩子学钢琴渐渐成为一种新的时尚。我们机关很多家都买了钢琴。我熟悉的同事中，买钢琴的至少有七八家吧。这个时候我没有动

// 小小海泉玩得多高兴

心，孩子更没有这个要求。我的同事中，非常要好的一位文友是《解放军报》驻沈阳军区记者站的王文杰，他在沈阳订购了一架钢琴，他的熟人又在营口钢琴厂帮他买到一架钢琴，直接用大解放车送到了沈阳。一家不可能买两架钢琴啊，文杰知道我有一儿一女，就动员我买下他家这架多余的钢琴。而我呢，不是很热衷，同时也知道，钢琴的价格不菲。这架幸福牌钢琴的价钱是2600元呢！买了钢琴的同事则对我说，一架钢琴对开发孩子的智力是非常有益的，弹钢琴两手并用，就是在开发大脑啊。另外买钢琴也是一种储蓄，钢琴不会贬值的。还有同事说，即使你儿子以后

// 家里买来新钢琴

不搞音乐,他若是一位外交官,一位数学教授,或是一位官员,在公众场合弹奏一支世界名曲,也会令人刮目相看的。我和家人被说服了,拿出家里全部的积蓄,下决心买下了这架钢琴!

记得我把钢琴搬到家里之后,著名作曲家铁源来家做客,他兴奋得弹了又弹,评价说这架钢琴质量很是不错,钢板尤其好。他并且还告诉我,这架钢琴会对你孩子的成长有太多的帮助。

两个孩子,让哪个学弹钢琴呢?一般来说,女孩子弹琴比较好,可是这时候海泉的姐姐海英初中都要毕业了,学弹琴的年纪对于孩子也很重要,太大则不利。我们决定让海泉学。其实这时,

// 雪中弹琴

海泉学弹琴也有点晚了。别人的孩子在学前班或刚入小学时就开始学琴，海泉这时都上小学四年级了。凡事有利就有弊，有弊就有利。海泉学弹钢琴年岁确实稍显偏大，但年纪大点儿对音乐的理解能力比年纪小的孩子要强，这是海泉学琴的长处。

每个周日，我们都去沈阳音乐学院的家属楼，在老师的家里给海泉上钢琴课。当时的价位一堂课45分钟，收费5元钱；一个月4次课，共20元钱。每次都是我或海泉妈妈骑自行车送他、接他。他上课时，我们就在楼下等待。后来，他自己可以"掏裆"蹬自行车，就自己蹬车去上课了。所谓"掏裆"，是因为若坐在自行车座位上，自己的脚够不到车镫子，只好把右腿从车梁底下伸过去，用脚蹬另一只车镫子。记得当时一位年轻的老师是著名作曲家秦咏诚的儿子，后来又换了杜宁等两三位老师。他们都是极负责任的人，对陌生的学弹琴孩子的成长付出了大量的心血。

海泉小时候特别喜欢历史和地理这两科。上课时，老师一讲他就记住了，有一种天生的爱好和喜欢。他甚至把历史和地理课本当做课外书来读。老师讲的时候他已经早就看过，题都会答。这就应了"兴趣是最好的老师"那句话。

对学钢琴，海泉并不反感，但也没有主动热情地投入过。作为家长，我们也没有对海泉学琴抱太大的期望，反正学琴没有坏处，反正已经学上了，即使将来在音乐上没有什么展望，也会有助于他开拓思维，培养他健康的情趣。有人说，两只手协调地弹琴，最利于开发大脑了。有一张海泉练琴时他妈妈站在琴旁监督的照片，海泉在照片背后歪歪扭扭地用钢笔写了一句话："在监工的皮鞭下卖苦力！"这是他幽默性格的体现，也是当初他对学弹钢琴不是特别喜爱的证明。我们部队机关大院里学钢琴的孩子当时有10来个，有的从根儿上就反感，甚至在钢琴老师教课时，让他弹奏，他把两只手背到身后去，硬是反抗。海泉倒是没有反抗过，最初是觉得钢琴很好玩，即使练基本功时弹的曲子很单调，很难听，甚至有点不喜欢，可他还是坚持了下来，没有半途而废。每周钢琴老师留的作业，因为贪玩，妈妈说话也不听，总是拖着不做，直到星期天要去老师那儿上课，

// 品赏着钢琴的韵律

// 妈妈"看着"海泉学琴

要接受检查了，才临时抱佛脚，赶紧练习，好在总能安全过关。我们家住在二层楼，每当海泉在家里练琴，阳台的门敞开着，不时传来院子里熟悉的小伙伴们疯玩的打闹声，而他却独自在屋子里枯燥地弹着钢琴，心里非常着急，非常寂寞，他是多么想出去和小朋友们玩啊！

海泉曾在1987年2月9日写过这样的日记：

> 这几天，天气开始转暖，气温渐渐升高，街上的雪全都化了，形成一条条小溪。
>
> 今天我疼极了，因为下午爸爸揍了我。为什么要打，是因为我两天没写日记，一天没练钢琴，屋里被我弄得很乱。
>
> 爸爸开始打时，我非常生气。心里想：打有什么用？俗话说：棒打出孝子。现在的小孩可不一样了，打不仅会（使）孩子改不了，而且会更坏。挨惯打了，屁股练成了铁屁股，嘴巴成了钢嘴巴，也就不怕了。我开始是这样想的，后来，我觉得爸爸是对的，他也是为我好呀。每个爸爸妈妈都有一颗望子成龙的心！
>
> 我想，我以后再也不气爸爸了，一来可以让爸爸不生气；二来，可以免受皮肉之苦。

这时的海泉不到12岁。我曾说，我从未打过孩子。看来，我的记忆有误，海泉的日记白纸黑字，不会有错。为了督促他练钢琴，我确实是打了他的屁股。

学钢琴，海泉从未逃过课。记忆中最深的是他弹练习曲《献给爱丽丝》，每天都弹，这使他感到疲累，有时很烦躁。可是，当他接触到理查德·克莱德曼的钢琴曲之后，就像变了一个人，他觉得这曲子怎么那么好听呢！他第一次发现钢琴可以弹出自己的感情。在钢琴考试那天，老师觉得他弹的音乐很有表现力和感染力，第一次用很欣赏的眼光看着他。在这之前，海泉上课把弹琴当做完成任务，特别怕出错。可是从这天之后，同样

// 小时的海泉

// 小时海泉与妈妈姐姐游北陵

的曲子，他可以弹出自己的感觉来了。慢慢地他发现了，只有用心去弹，音乐才会好听。明白这个道理时，他已学琴两年，是小学六年级的学生了。

海泉的钢琴从小学四年级学到了初中二年级。因为要考高中，就中断了去音乐学院上钢琴课。这中间，他曾得到过老师的认可。以前，他经常在老师那儿看到比他弹得好的孩子，所以并没有感觉自己弹得怎么好，缺乏自信。有一次，老师问他是否愿意参加在沈阳音乐学院举办的钢琴演奏会，他知道，那是只有弹得特棒的孩子才

有的机会。当这个机会突然降临时，他却没有一丝准备，他谎说奶奶有病，推掉了这次绝好的展露自己的机会。过了很久，他仍为失掉这个机会而后悔。

尽管不去音乐学院上钢琴课了，但因为家里有这架钢琴，他已经与音乐结缘了，自发地学习从来没有停止过。他拷贝了许多海外的唱片，这些最初听到的音乐在他心里产生了很强烈的回音，那种回音对于他来说应该是震撼。而这种震撼是别人看不出来的，它会影响一个人生命的成长。

这个阶段，海泉每当在复习功课累了的时候就去弹一会儿钢琴。这种弹奏，不再是为了应付老师的检查，也不再是为了得到家长的表扬，而是他生命深处的一种需求，完全是自觉自愿的行为，这是非常宝贵的一种自觉自愿。

中国的流行乐坛，海泉最早接触到的是齐秦的歌，他觉得齐秦唱出了他心里的某些感觉。

在海泉的一个本子上，我发现13岁的他，全文抄下了齐秦的《花祭》：

> 你是不是不愿意留下来陪我
> 你是不是春天一过就要走开
> 真心的花才开你却要随候鸟飞走
> 留下来，留下来
> 你为什么不愿意留下来陪我
> 你是不是就这样轻易放弃

花开的时候就这样悄悄离开我

离开我，离开我

太多太多的话我还没有说

太多太多牵挂值得你留下

花开的时候你却离开我

离开我，离开我……

也许这是少年海泉希望齐秦的音乐永远陪伴着他的一种心情吧！

那时候，海泉曾跟着齐秦的唱片学唱，每天在屋子里吼。家人说你别唱了，唱得跟狼嚎似的，

但他还是继续吼。齐秦唱的就是"北方的狼"啊！跟狼嚎似的真说对了。

海泉喜欢这样吼。有时他弹的并不是练习曲，而是即兴演奏的曲子。自己边弹边唱，那种感觉真好。他发现自己有这种感觉的时候，曾莫名的兴奋了好久。他第一首能弹唱的作品是迈克尔·杰克逊的一首慢歌。钢琴老师并不教乐理，更不教作曲常识，只是教弹谱子，所以很多学钢琴的人并不能即兴弹奏。海泉在停止到老师那儿学琴之后，完全是自己弹，即兴地弹，随意地弹，养成了即兴弹奏、随意弹奏等很多习惯，这些习惯使他有可能去创造旋律，让从未有过的旋律在他的指尖流淌出来。

有一次，他把自己关在钢琴屋里，叫家人都不要出声，不要有任何动静，他要弹奏自己第一次创作的曲子，用一个录音机录制在一张空白的磁带里。然后放给爸爸、妈妈、姐姐听。他说他创作的这支曲子，名字叫《雨中的蚂蚁》，

// 最初的梦

// 旧居前

表现的意思大概是：一会儿，天阴了，蚂蚁都在忙碌地搬着东西；一会儿，下雨了，蚂蚁匆匆往蚂蚁洞里钻；一会儿，天晴了，出太阳了，蚂蚁都从洞里跑出来，从容地搬运东西，心情很快乐……

我们看了海泉在白纸上写出的《雨中的蚂蚁》乐谱，很不规范，阿拉伯数字一长串，也不分小节，只有他自己明白这是怎么回事。海泉说过，他曾多次专注地观察蚂蚁群体。他说，实际上我们每个人也都是一只蚂蚁，每天都在忙碌着、寻找着、进行着自己的生活。人与人之间的交流也像蚂蚁一样。两只蚂蚁在搬运东西相遇时互相打个招呼。海泉想通过这支曲子告诉人们,生活中的快乐很是重要。

《雨中的蚂蚁》是海泉今生第一个音乐作品,这是应该珍视的,他录制的这盘磁带或许还能找到。此后,他陆续写了很多的歌曲,都是在他停止到钢琴老师那儿学琴之后,在赴北京发展之前。钢琴打开了海泉智慧的大门。钢琴是海泉与音乐坚实的纽带。海泉成名后,有两次回家,一次是2007年春节,一次是2011年春节,都是在弹奏着他儿时学琴的那架钢琴,写出了自己喜欢的乐曲。弹奏当时就很细心地录了下来,成为他新的作品。

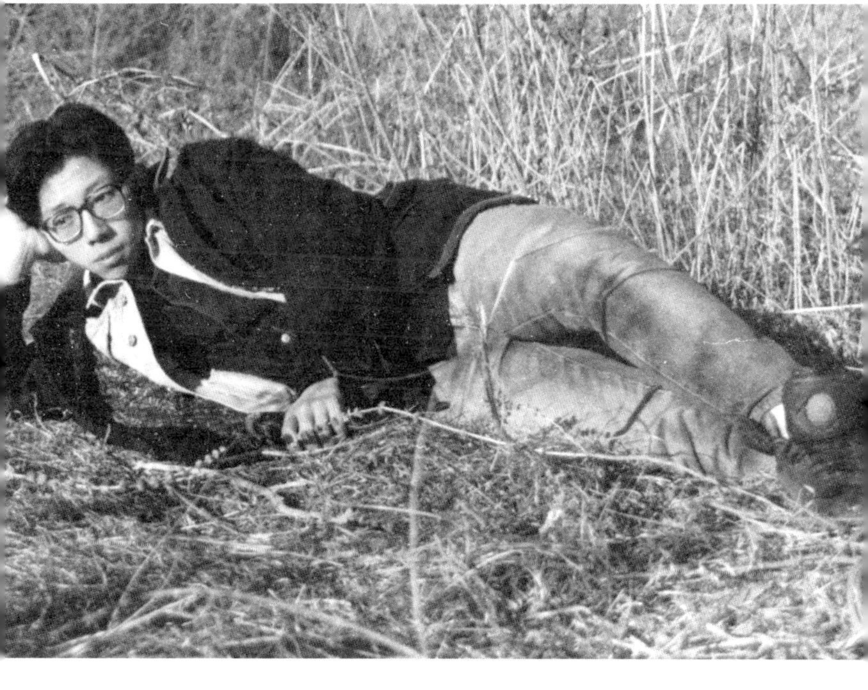

2. 海泉原是一个痴迷的
   文学爱好者

也许是受了我的影响和熏陶，海泉从小就喜爱文学，喜爱诗歌。

海泉在上幼儿园的时候，经常是我送他。我上班骑自行车把他先送到幼儿园再去机关上班。他坐在我自行车的横梁上，我就教他背诵唐诗："床前明月光，疑是地上霜……""白日依山尽，黄河入海流……"或背诵我认为好的儿歌，如柯岩写的："我家有个小弟弟，聪明又淘气，每天爬高又爬低，满头满脸都是泥……"一直到背诵《木兰辞》之类比较长的古诗。当时他

// 草帽歌

还没上小学，能背诵几十首古诗和儿歌，作为家长，我们是满意的。我认为把文学和诗的种子埋在他幼小的心底，这是在给孩子的未来打基础。孩子小，不可能理解诗句的含义，但他背下来了，就在心灵里储存了，就像在银行存款一样，这是他一生的文化财富。每当家里来了客人，我们就让儿子给客人背诵一首或几首诗，客人的倾听和夸奖，让幼小的孩子得到激励，有了一种荣誉感。

有一天晚上，我带海泉出去玩，他对着满天的星星说了一句："星星是祖国的亮光！"星星是大自然的，怎么会是祖国的？根本不搭界嘛！尽管我觉得他说得不准确，但这是从一个幼儿的

// 亲密的姐弟俩

嘴里冒出的有个性、有创意的语言，不能用"科学"的概念去规范他、指正他。相反，我极大地表示了赞赏，并多次重复他这虽文理不通却有个性的感叹，在我们家，甚至犹如经典一样，经常对他重复说："星星是祖国的亮光！"让他知道这是他与别人不一样的表达，从而保护和鼓励了他的个性创造。我本人在小学二年级的时候，在语文课堂上，老师出了"永远"一词让我上黑板前面当场造句，我说："我希望永远生活在和平的土地上。"老师当场就表扬了我，而且连续表扬了多次。这对我喜欢造句、喜欢作文和热爱以后的写作有非常大的鼓励。我表扬海泉，是效仿了我的老师。

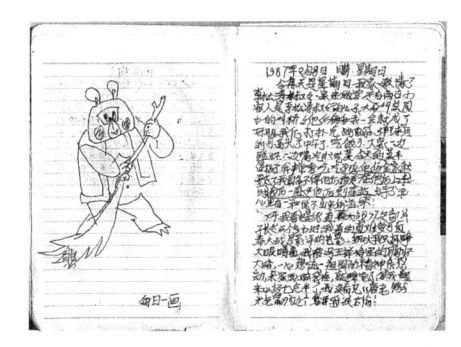

// 海泉11岁的日记

有一年，海泉在3月8日的日历上用铅笔写出："祝妈妈生日快乐！"我对他说，傻小子，你妈妈的生日是旧历六月二十二啊。他冲我神秘地笑笑，没有说话。

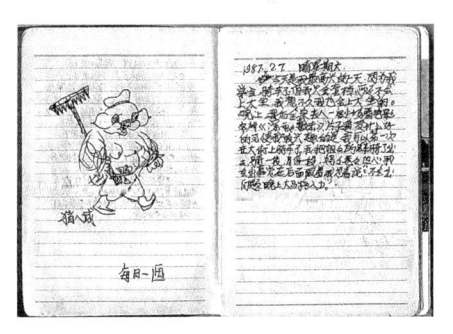

// 日记中的猪八戒

我马上意识到自己错了。3月8日是国际劳动妇女节,当然也可看做是妈妈的生日啊!

海泉在11岁多的时候开始写日记,他写日记可不是我强迫的。缘由是有一天,我在同事刘兆林家里看到他儿子西元写的一本日记。我想,两个孩子年龄相仿,都是小学生,他儿子肯下这么大的工夫,我儿子为什么不能?于是我就把西元的日记本借了来,全家人围读。许是因此发愤,海泉自此开始写日记。因他喜爱美术,所以他在写日记的同时画上插图,并坚持了多年。

海泉最早的日记记述了这件事:

1987年2月1日　天气晴,星期日

今天是星期天,早晨妈妈就让我练琴,我却把没用的挂历剪下来做楼房。可纸太薄,我又把一些硬纸壳拆开才做成楼。这时,爸爸妈妈去杨顺叔叔家串门,顺便从刘兆林叔叔家带来了西元的日记给我看。我看后心想,西元还真有两下子,真是人不可貌相,海水不可斗量呀!我不如他,应向他学,从今天——就是1987年2月1日起,一定认真写日记,我真后悔怎么不早点开始写。以前的小事值得写的就像世界上的人一样多。后悔也来不及了,有一句话"千里之行,始于足下",就从这里开始吧!

1987年2月2日 小雪,星期一

记成长中的一件事。

记得那时6岁,我已长大了,能为家里做些事了。我学会了打酱油。家里每次打酱油的任务都交给我。有一天,妈妈让我去买,可给我的不是油瓶而是饭盒。原来妈妈是让我去买大酱的。去商店,我把钱交给了叔叔:"叔叔,我买一斤酱油。"啊,错了!我这样想,我想解释,可叔叔已莫名其妙地给我打了一斤酱油。我懊悔地、小心翼翼地捧着盒子向家走。酱油从盒边都溅到了我衣服上。这件事现在再回顾起来,真感到好笑。

1987年2月3日

我生在一个温暖的家庭里。我的第一个老师——母亲,她能干、诚实、淳朴,戴一副金边眼镜,是会计。父亲是作家,他对我很严格。姐姐是高二学生。大家都很关心我。原来我住在小白楼一间小屋,很暗。后来搬到了军区大

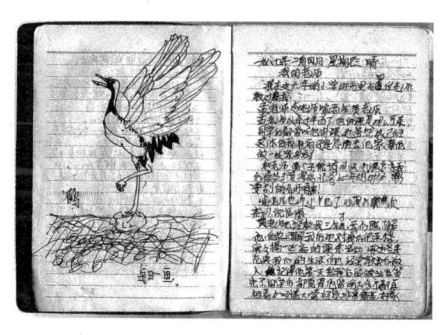

//1987年的日记

院，二间大房，我觉得这很大。五年了，我们又在车队新楼落了户。我的一大家人，光我的表姐、表妹、表哥、表弟就有七个，我爱我的家。但我更爱祖国大家庭。假如没有工人，那我们就会没房子、（没）家具，假如没有农民，就会吃不饱饭，假如没有军人在保卫边疆，那我们就没有生命的安全。是人民把我养大，我一定要报效祖国。

我爱我的祖国，我爱我的家，我为有我这么温暖的家而感到自豪！

// 九个孩子与奶奶（前排左一为海泉）

1987年2月5日 晴，星期四

从我上学以来，六年了，我有几个同座：蔡杉个子矮，自尊心强，只要老师说她一句，她就掉眼泪。吕小琳，我班的学委，学习很好。王松，大个子，特不爱说话，老师为这个总生气，谁见了都烦。陈瑶和奚海丹是我班刺头。记得三年级陈瑶总爱欺辱我。不过我当了干部，他就老实了，帮着我来……王津和王冬还有王丽娜都不高，都是中等个儿，挺老实的。王国杰，他爱笑，不过有时也不爱说话。总之，这些个同座有时烦人有时逗人！

对了，咱家今天换电话了！我心里开了花，这种电话很高级。

这就是海泉在文字上的最早起步，也是他文

// 海泉与爸爸妈妈姐姐

字远行的开端。

记得我和老伴在海泉起用的新本子上郑重地题写了赠言。我的赠言是:"学习最怕'三天打鱼,两天晒网'。相信'只要工夫深,铁杵磨成针'。海泉,希望你坚持下去,超过爸爸!'千里之行,始于足下'。"老伴给儿子的赠言是:"勤奋是成才的阶梯,懒惰将一事无成!"海泉的姐姐还用英文写了赠言。海泉的这个新本子很快就写满了。有科幻小说《回到远古》和《宇宙空间战》,有散文《夕阳下的榕树》,有诗《开山老人》,还有歌曲《梦里》等。12岁的海泉张开了自由想象的翅膀,飞翔在他喜爱的文学云空。

海泉小学六年级时,在辽宁省作家协会办的杂志《文学少年》上发表了处女作,这是一篇题为《春天,燃烧的土地》的散文,这篇习作还获了奖。我作为部队作家被邀请出席颁奖会。我指着台下的海泉对同在主席台上挨我坐着的辽宁省作家协会主席金

// 小学获文学奖证书

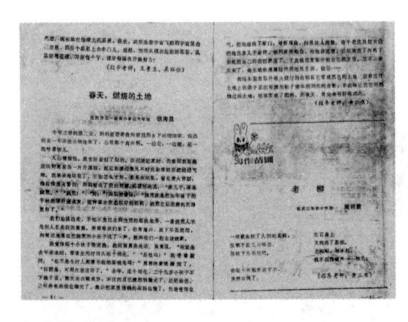

// 小学作文发表

河说，那个是我儿子。金河笑笑说，海泉也来了！不一会儿，海泉上台领奖，是金河给颁的奖。这篇散文有点小说味儿，写农村烧荒，写姥姥家村子里一个不务正业的小伙子改邪归正，寓意是：燃烧的土地，可让枯草变成肥料，秋天会有好收成。

上了初中的海泉，突然觉得初中生活和小学生活是不一样的。青春期前后，更是叛逆。当时海泉很贪玩，功课不太认真了。初中前两年，他玩心太盛，喜欢踢足球，与同学们玩各种游戏。初中的他经常被罚站。他的班主任是一位年轻的女教师，虽然海泉特别爱玩，她却觉得海泉调皮可爱，有一点喜欢海泉。一次海泉的数学成绩降低得很厉害，仅在及格线上，老师通知家长到学校去一趟，并说若家长不去，就不让海泉来上课了。啊，这么严重？我赶紧到了学校。老师对我说，海泉太迷恋足球了，如果他把对足球的精力放在学习上，准保成绩是很优秀的。这天海泉回到家一声不吱，他肯定知道自己错了。他连抬眼皮看我的勇气也没有。我没有再批评他。因为老师让家长到学校去了，已经是很重的批评了，家长再劈头盖脸地训一通，还让孩子活不？完全没有那个必要。我给他做了蛋炒饭。我对他讲，金字塔所以高大，因为它的底座非常宽广。文化课的基础对于一个人非常重要，不管他以后做什么工作，干哪一行，都是不可缺少的。不能轻视任何一门功课，哪门功课在以后的生活和工作中都可能遇到。也许孩子在犯错误的时候，更能听进家长的话吧，海泉虽然眼睛仍然不看着我，却连连地点头。

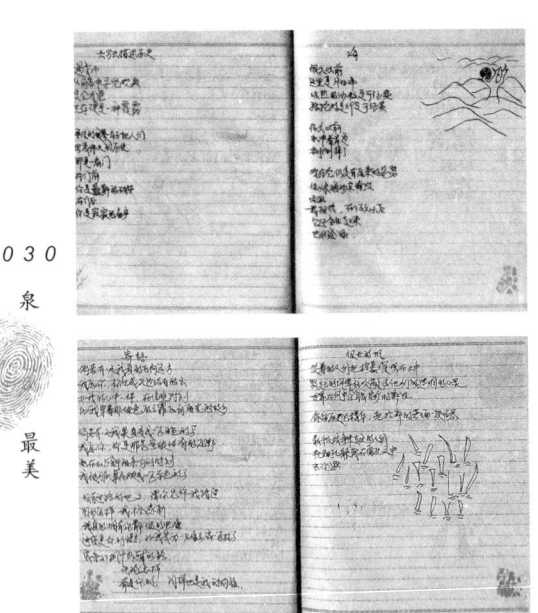

// 学生时代手稿

其实这个时候，我和老伴都不太知道，海泉每天晚上都在写诗。他写了一首又一首，一本又一本。海泉到北京闯音乐世界之后，他的母校要他的一个资料，我们在他的房间翻找，一下子发现了将近20个本子，写满了他的诗、散文和小说。我把他写的诗用小5号字打出来，用A4纸印出来，装订了厚厚的三大本，光诗就有1000多首，这是怎样的一个数量啊！我认为，这可能是他到北京从事歌曲创作特别是歌词创作积累的一个相当丰厚的底蕴。他如果没有这个历练，不可能有后来顺利的发展。

那时候的海泉，曾在省市的报刊上连续发表诗和散文，有的作品还在全国少年或学生的作文大赛获奖。这些作品，他并没有让我看过。比如他获得臧克家题写的"南方诗雨"全国桂花诗歌大赛佳作奖的《青春的歌》，印成书寄到家里我才看到：

　　所有的昏暗在我的上空澄清
　　我的山谷变成草原开阔
　　背后的河我都一一涉过
　　湿润的脚步留下行程的思索
　　前方又一条未解的冰河
　　冰中包容恐惧
　　冰下暗藏漩涡
　　但我的目光没有退缩
　　因为我知道
　　当我到达那儿时
　　它已是一条春天的河

　　这本诗集的编者在后记里说，这是从31个省市自治区（包括台湾）4万多件作品中，"翻来覆去又经精心预选过的诗篇，隐名编号待字案头，经评委的认真评选"，最后选出这100多件获奖作品。我向海泉表示了祝贺。

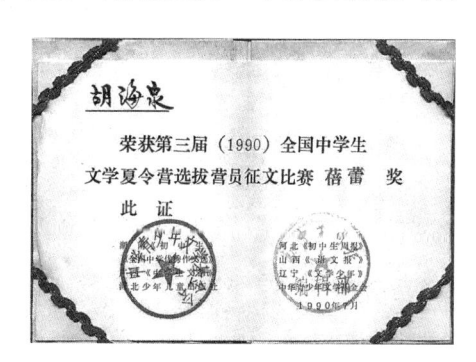

// 获奖参加文学夏令营

1990年夏，海泉在沈阳市第48中学读初中，因为有一篇习作参加全国夏令营征文获奖，被邀请参加中华青少年文学基金会在北戴河举办的"全国中学生文学夏令营"活动。我保存着中华青少年基金会给海泉发来的打印邀请函，还保存着48中学给夏令营开具的介绍信，介绍信专门写了"胡海泉系我校初三·二班学生，其作品《不厌的传说》确为本人创作"。为什么介绍信要写上这一句呢？因为邀请函上说，"如果发现作品抄袭，将追回夏令营期间全部费用，并在'获奖作品集'中点名批评"。他的这篇《不厌的传说》到现在我也没有看到过。恰好那时我在北京出席一个会议。我就让海泉先到北京与我会合。我带着海泉拜访

//1991年拜访臧克家先生巧遇郎平

了诗歌前辈臧克家，并在臧老的家里巧遇中国女排名将郎平。克家老人和郎平听说海泉喜爱写诗并获了奖，将要参加中学生夏令营活动，都在海泉的文学习作本上题了词。接着，我又带着他去拜访了诗歌前辈张志民，还拜访了诸多我熟悉的部队诗人和歌唱家。他们都给海泉题写了美好的祝词。这是一个十分珍贵的本子，那上面有众多名人的墨迹。可惜呀，可惜，海泉在与一些同来参加全国文学夏令营的伙伴们聚会的时候，让同伴们发现了本子上这些令人景仰的名人题词，不久，这个本子就不翼而飞了。当时海泉都急傻了，这么重要的一个本子怎么说没就没了？！

// 少年海泉得到臧克家先生指导

对这件事，我的想法却与他不同，我劝他：没了就没了吧！你还没有经过自己的努力，没有付出太多的辛苦，不应该得到这么多名人的题词，不应该获得这样高的荣誉。这个本子的消失是提醒你，一切应该从零开始！属于自己的东西理所应当是自己的；不属于自己的东西，在自己的手里也是不牢靠的。过了一些时候，在关内的一个地方，也是参加过全国文学夏令营的一个同伴，创办了"海泉文学社"，用的就是臧克家在海泉本子上题写的"海泉"两个字，还印了"海泉文学社"专用的信封。

海泉读高中时，恰逢教师节，他和同学郭大橹合写一篇歌颂老师的文章《献上心中的奖杯》，投稿给《辽宁日报》。我听说他有这个举动，很是高兴，便问他把稿子给了报社的哪个部？给了哪位编辑？近些年来，我与一些报社的关系还是挺密切的。海泉听我这样问，很不耐烦也是很坚决地说："爸，你

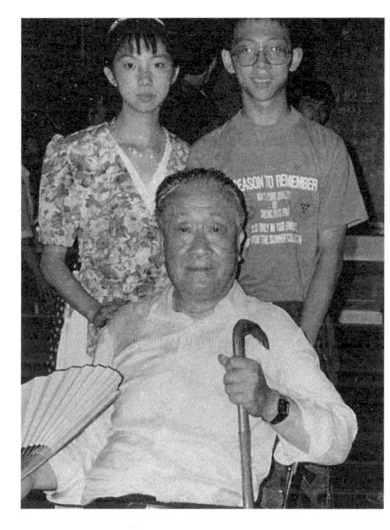

// 与文学前辈刘白羽
// 枫叶满地的时候

千万别去问啊,掉价儿!"他不希望通过我的关系去发表作品。我知道,如果我去问报社的编辑,虽然发表会更顺利些,但也会伤害孩子的自尊心。因此,我真的没有去打听这篇稿子的下落。这篇文章发表在1991年9月9日教师节那天的《辽宁日报》上。我知道海泉是想凭自己的实力去取得成绩,我应该让他如愿。

海泉有一篇散文《我走我路》参加了辽宁"三山杯"少年散文大赛,获得了二等奖。他被邀请出席颁奖会,我因是作家圈里的,也被邀请到会。

回家后,我读了海泉获奖的这篇散文,其实

// 海泉与海英在北陵荷花塘

那个时候他就开始"预谋"出去闯荡了：

　　风刺骨的冷，撕着我的衣襟和我的头发。我的故乡在我的身后，在那片淡灰的苍穹下，被笼罩得寂静。我知道，离开时我应向它致礼，因为是它给了我的身体、我不变的目光，还有我的鞋子，但是我一定要走，去寻似乎孤单的理想，去寻鸟的踪迹。这前方并非虚幻，世界在我身前，就一定会有属于我的路。

　　现在，我于寒冷的旷野中回忆家的温暖，柔柔的灯和睡去的人的鼾声。这些是美的，我知道这是美的生活，安然的生命的路，平坦的宁静的人生。但我不向往，尽管它不会有风霜巨浪打击摇荡我的心灵，但我不向往。我要去经历我的生活，或者说一切我曾拥有的温馨与和谐都不是我的，它是我幼时的巢，然而待我的目光可以穿越天空，羽翼可以迎风飞翔时，我必然会离巢而去，去经历我的路和路上的风景，最后是我的归宿。我也知道，我所为之奋斗的仍如我曾拥有的那种安然。而要成为一只真正的鹰，我必将飞翔，我必将为自己付出生命，也获取生命。

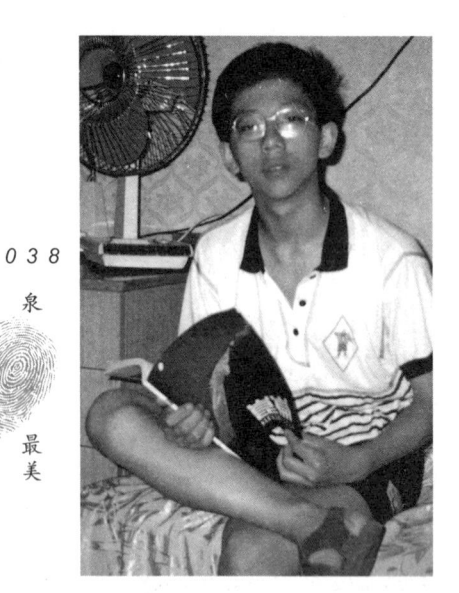

……现在，我正在走，我正在走，走我自己的路。离家园渐远，离变幻的前方渐近。但我不会徘徊或犹疑彷徨。因为我知道，我前面的路，最终通往的还是我此时背离的故乡。

海泉的这篇获奖散文此前我从未读过，更没有帮他修改一个字，这完全

// 善读少年
// 父子俩在贺敬之、柯岩家做客

是他个人的思考,是他的抒发,是这样鲜活,甚至令我震撼。当时我就为儿子的成长,为儿子思想的趋向成熟而暗自高兴。现在读来,当年的这篇小文预见了海泉的今天,预见得那样准确和深刻。

说到学生时代的创作经历,海泉非常怀念,在一次回答媒体提问的时候,他说自己有"双重的乐观":"创作文学作品或者是写作的那个我,可能跟很多朋友认识的我是不一样的,这我一直都知道。但是两个我都很乐观。我很开心有这样的感觉,就是有两个我的感觉。我的思考可能天马行空,没有任何人可以去交流,但我也觉得挺好。而且我并不自闭,其实这两个我的交叉点是很好的创作点。所以后来我看那些诗的时候就觉得比较遗憾,遗憾长大了以后的我,不像那时候能连贯地思考,因为生活里面有太多、太多现实的东西。尽管你好像比以前懂事了。所以我老是觉得,那时候的我是最珍贵的。"他怀念自己那个时候能无忧无虑地写作,自由自在地写作,没有或绝少功利目地地写作……

海泉喜爱文学,对伟大的文学巨匠鲁迅深怀景仰之情。在做歌手取得了一些成绩的2000年11月,他曾来到鲁迅的故居,留下了自己的缅怀和感慨,他在一篇关于绍兴的日记中这样写道:

> ……在这条普通得再不能普通的南方小镇的一条小路上,鲁迅先生少年的脚步曾反复踏过。想必

鲁迅带着稚嫩的清风，在一个这样阳光明媚的下午，从对面街的三味书屋兴高采烈地回到自家的院落。经过母亲的卧房，和正在做活儿的母亲打一声招呼，就直奔后院的百草园去玩耍了。

如今鲁迅先生的声名给绍兴乡亲带来不少的余泽，来参观故居的人总会到旁边的咸亨酒店坐一下，茴香豆入口再呷上一口老黄酒。咸亨酒店生意红火，不靠门前那尊玩世不恭的老孔乙己，是周家的三个儿子在此处，在他乡，在中国人心里留下的一大把营养丰富的思想的蚕豆。

三味书屋门前的石板桥下，仍是一条旧水，乌篷船内茶香依旧，这一番景致，不折不扣从吴越勾践的刚毅的血液里传下了独属中国南方人的特有的温柔。

来自上海的大妈旅行团七嘴八舌与小贩讲着几包梅干菜的价格。戴着鸭舌帽的三轮车司机在用手势邀请穿着细异的旅客。

鲁迅屋内各式绍兴特产堆成了小山。

而眼神木讷的我们几个面对周先生曾睡过的大板床开始讨论有关"偶像"的话题，话音未落，几个本地来玩的大学生要让我给他们签名，突然想知道在我身处的这间大房走出去那个人给后人留下多少的签名。

世界变了，在百年前被划做下九流的艺人，今天更有机会成为被崇拜的偶像。越来越少的年轻人关注思想博大、严谨而有建树的那个人、那些人。我们依然怀着崇敬观览这个人的旧居。我们的孩子们长大时会有兴趣观览什么呢？而鲁迅先生在今天我们这个年龄时已然在遥远的东洋做从文救国的抉择。今天的我们，又会在哪个喧闹的角落给自己做些冷静的抉择呢？

//海泉崇敬的鲁迅先生

咸亨酒店的走廊里回荡着炸臭豆腐的余味。这种独特的味道在这一方土地经过了几千年，已然变成了一种彻彻底底的香味儿……

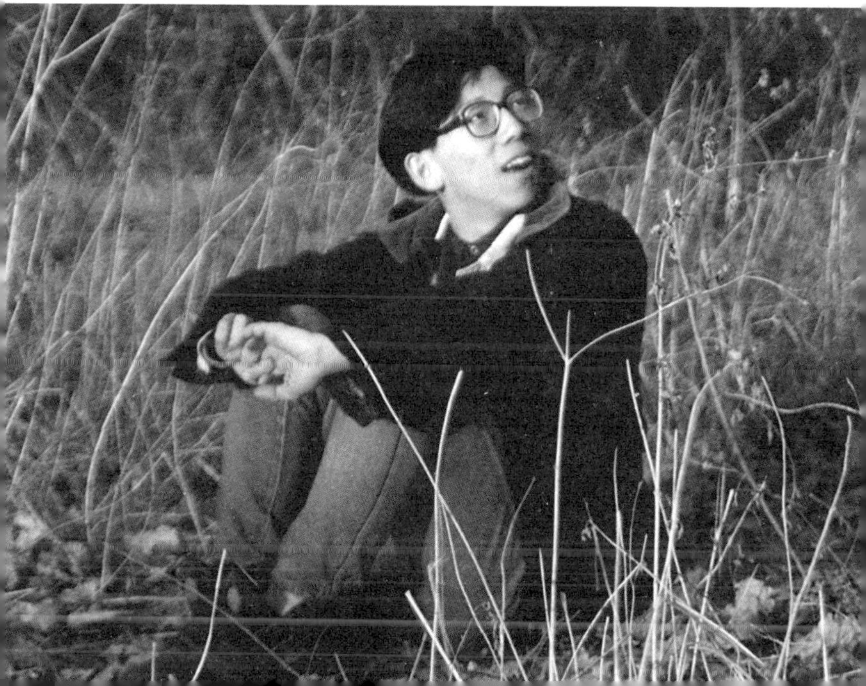

3. 高考失利对海泉是人生第一次成长

海泉在初中三年级的时候,知道要用功读书了,而且是非常地用功。他从一个普通的初中学校考上了人们都羡慕的重点高中——沈阳市第20中学。这所高中历史特别悠久,是张学良在20

// 喜欢乡居

世纪20年代创办的东北女校。那座教学楼给海泉的感觉特别好。读高一的时候，学校成立文学社，海泉提出参加出版部部长的竞选。起初，我和他妈妈都觉得干这种事势必影响他的学业，想劝止他。后来看到他劲头十足、信心饱满的样子，感到这可能对他也是一个难得的锻炼机会，便改变主意，表示支持。他放学回到家，一遍遍地练习竞选演讲。我们全家人当听众，给他打分评判，给他鼓励。他果然竞选成功，当上了学校文学社出版部部长，由他主编的油印小报《雨萌》也印了出来。有时星期天他也要在学校忙乎文学社的事情，和同学一起选定稿件，设计版面，刻写印刷……他妈妈教给他刻钢板怎么掌握笔画轻重一致的方法，我还把自己在学校办油印校刊的经验

// 与爸爸妈妈姐姐

传授给他，把当年套色油印的校刊《第一线》找出来给他看，教他如何做题头、尾花。《雨萌》印出来后，在学校就变成了商品，每份2角钱，这是我们当年在学校办报时根本不敢想的。每个星期二晚自习之前，他和几个编报的同学便在学校大厅的灯光下卖报纸，确有许多同学捧场。海泉还把自己写的言情小说放在最上边。有的女同学看过就哭了，还来问小说描写的事是不是真的，人物是不是真的。海泉办的报纸虽小，来稿量却很大，他每天晚上做完了功课还要编报，与几位同学商量用哪篇稿子，不用哪篇稿子。

为了吸引更多的同学关注这张小报，他们还成功地进行了一次炒作。海泉化名在头版上发表了一篇所谓的杂文，讥讽学校的女生不可爱，写

// 停止上钢琴课之后

了她们不可爱的诸多方面,什么臭美、不爱干净、懒惰、喜欢传播小道消息……海泉预见了会有人来反驳,引起了讨论就容易把这个栏目继续办下去,当然也就会有更多的同学闻听之后,舍得拿出2角钱买他们的报纸。一石激起了千层浪。文章刊出后果然引起了强烈反响,很多女同学写文章反驳,还有人追着问写这篇杂文的作者是谁?稿源一下子丰富了很多。后来学校就不太支持学生自己办报了。海泉在高一、高二时学习成绩非常好,一直是全班的前几名。到了读高三的时候,功课压力紧张,他的学习成绩明显在下降。所有要参加高考的同学都感到越来越有压力,海泉自己反而并没有觉得压力有多么大。那时社会上关

// 海泉与妈妈在机场

于人生观的讨论很多，海泉也变得更加达观了。回忆这一段生活，海泉说："现在看来，任何时候停步不前，都是对自己的生活不负责任。"

1993年是海泉的高考年。参加高考前夕，海泉的妈妈病了，而且不是一般的头疼脑热，是脑子里长了个瘤子，需要动手术摘除。一时间全家人投放注意力的重点，从要参加高考的海泉身上，转移到了住在医院里要动大手术的海泉妈妈身上。那段时间，我每天基本上住在医院里陪护。一天在家做三顿饭菜，用保温饭盒装好，骑着自行车风风火火地送到病房给病人吃，顾不上对考生周到细致的照顾。连海泉报考什么学校、什么专业，都是在他妈妈病床前，全家人议定的。

临到考大学的时候，海泉心里感到了沉重的压力。有些课他是越来越不喜欢了，尤其是代数，几何还好。虽然那时候考试成绩也经常是前几名，印象中好像还得过第一名。但高三的课程让他感到有些力不从心了。他喜欢的科目在那年高考中又被删去了，比如历史、地理，都不再作为高考科目了。而他最喜欢

// 少年海泉在圆明园

最擅长的却是历史。他的英文不错,语文也一直不错。每个年度都参加学校组织的语文比赛,并总能拿到第一名。所以他觉得未来自己学的会是中文或是新闻甚至是广告专业。他报考的第一志愿是新闻系、广告系,第二志愿是中文系。他想,以他当时的成绩,一定会考上的。他没有报医学类,那是理科的;也没有报外语系,因为他从未想过要学外语专业。

高考,是选择人生和事业的最重要的一个十字路口,将来到底要以什么为自己的职业?海泉认定,自己喜欢的就是有希望的。

然而海泉喜欢什么呢?喜欢文学?喜欢音

// 高中毕业了

乐？喜欢美术？好像更喜欢的还是音乐吧。报不报考北京电影学院和北京广播学院的录音系，全家人帮海泉研究决策。之所以要考虑这个录音系，是因为它与音乐贴点边儿。我打电话咨询了一下北京在这个行当里的朋友，他们说，录音系招生名额极为有限，在全国只招几个，而且很有可能被这个专业的子弟给包了，局外的人根本不用想。海泉却还是有信心去考一下。还有一个提前招生的什么学院导演系，也让海泉动了心。海泉没有征求家长意见，自己跑到沈阳招生的考官住地交钱填表报了名，还即兴表演了自编的一个小品。

其实，海泉更想考的还是与文字相关的专业。他报考了厦门大学新闻系等几个名牌大学的文科专业。在学生时代的文字积累，会让他感到此生与文字打交道，道路会更顺畅一些。厦门大学就在海边上，海泉从小就向往大海啊……

妈妈的病情和治疗，也让海泉分了许多心。他要经常跑到医院去看望妈妈，不能像其他高考的孩子那样全身心地投入高考，他不能得到家庭的全力相助。

结果，他报考的几个想去的大学，分数都不够。高考结果与他平时的学习成绩相差太悬殊了，与老师和同学们的期望也太悬殊了。原来他在班里的学习成绩很好，与他差不多水平的同学都去了理想的重点大学，去了北京，去了上海，那时候，他觉得自己特别可怜。第一类公费学校够不上，第二类自费的也没够上。这个结果对于他，绝对是一次沉重打击。发布考试结果的那一个晚上，海泉彻夜无眠。得知所有专业

// 背景是悠久的

都不能去，才发现原来失意是这样的沉重啊！海泉后来说，高考失利，是他人生的第一次成长。从高考失利开始，他知道了自己的人生会有失败的时候，会遇到挫折，人需要承受自己从未想到的重压。这是他人生遇到的第一个"坎儿"，否则这一路走来太顺了。

我曾从海泉高中同学们在海泉本子上的毕业留言中，进一步了解了自己的儿子。

这些留言可能就是海泉留给同学们最深的印象吧，因为有一些顾虑，请原谅我没有标注留言同学的名字：

其一："够天真，天真得想拥有穿越时间的笑容；够可爱，可爱得让我们在你离开之前忘记些什么；够浪漫，浪漫得在梦里救过一个小女孩；够正义，正义得心里有那个小乞丐；够青春，青春得像一团燃烧的火；够成熟，因为你懂得什么是孤独。"

其二："你给我的感觉很像孤独王子姜育恒，很希望将来能听到你自己谱的曲、作的词的歌，自己演奏着钢琴……"

其三："热情,坦诚,开朗,颇有君子风度。"

其四："有文采,乐于助人。"

其五："有个性,平易近人,兴趣广泛,踢球毛手毛脚。"

其六："潇洒,有诗意,最难忘那双充满智慧的眼睛和那双会弹琴、会写诗的手。"

其七："脑子里装满了新奇古怪的念头,也装满了不少'绝活',但终究是一个能够让人接近的小娃娃。"

其八："富有诗意,很洒脱,很随和,很谦让,很能帮助人。"

其九："多才多艺,脾气小。"

其十："会有那么一天,你弹奏出年轻生命中最亮的一章,勿忘与友分享。"这位同学首次用海泉名字的谐音写了这样的评价:"你的眼,是两潭湖,常漾着清清的迷人的波,聪慧,温柔,纯善,镜片遮它不住;你的心,是一片海,常映着一样宽的蓝的天,坦荡,博大,雄浑,身躯容它不得;你的思想,是一眼泉,常涌出新奇的异于这个世界的水注,深邃,奇突,聪颖,地球引力吸它不得。"

其十一："你才华横溢,愿全世界的人都认识你!"

其十二："对你的广交朋友印象最深，对你的才华最为欣赏，对你的幽默最为赞许……"

其十三："你的诗绝不是廉价的东西，你的诗高贵而纯洁，充满激情，充满对人生的某种追求，那是你心底深处的低泣和呐喊……""你不是一个常人，绝不是！你有洒脱的外表，可也有易被牵绊的心，你有毫不在意的眼神，隐藏你柔弱的灵魂。你弹出哀怨的琴音，足以让人间抹去仇恨；你勾出绝美的诗篇，足以让罪恶消沉。如你独立黄昏，黯然所有的星辰；如你独立清晨，退却每片流云。你也许是你，却绝非常人……"

// 王刚来家做客

高考失利了，海泉并未消沉。

在他报考的志愿里，有的是有一搭、无一搭填写的学校，本来以为自己根本不会去那类学校的，结果还真的被那个学校录取了。这个学校的招生老师看了海泉的档案，看到他爱好广泛，在报刊上发表过作品，喜欢弹琴，喜欢踢足球、打篮球等等，决定录取这个有多项爱好的考生！录取他的这个学校就是沈阳广播电视大学，专业完全是他本人没有料想到的财经方面的外经外贸类，所学的并不是他喜欢的。这真可谓命运跟他开了一个天大的玩笑！

录取他的学校，与他心目中的大学有相当的差距，所学专业又不理想，他不怎么愿意去，曾想复读一年，来年再参加一次高考。但我和他妈妈都主张让他服从命运的安排，去这个学校，且这个学校离家很近。

然而，就是这个学校，给了海泉进一步成长的最佳环境，给了他用武的广阔平台，给了他施展才华、报效亲友的一系列良好机缘。

广播电视大学不像名牌大学功课那样繁重，学校领导和老师们对他寄予了很大希望，让海泉有更多的时间、更多的精力去做自己有兴趣做的事情：

比如，主持全校的文艺演出；

比如，创办校刊；

比如，自编现代舞，并率领两名女同学表演，由他领舞。这个他跳过的、他编导的舞蹈成为学校的一个保留节目。

1996年5月,海泉在毕业前夕,代表学校参加第四届沈阳大中专学生文化节"美好年华"文艺表演比赛。他以一曲《爱要飞》获得最高分,拿到大专业余组校园歌曲比赛演唱唯一的一等奖,并获创作二等奖(一等奖空缺):

爱,

这般执着,又如此迷惑。

爱,

辗转反侧,却没有结果。

爱,

激烈如火,忘却自我。

// 高中时与姐姐

爱，

等待太久，只有沉默。

爱，

证明太少，诠释太多。

爱要飞，

还等什么……

　　他的名字和比赛取得的优秀成绩，被刊登在《沈阳日报》的头版上，记者振明写道："此次大学生校园歌曲表演赛突出的特点是，参赛歌手都演唱本校大学生自创曲目，大学生们通过歌声来抒发自己在校园生活中的所见、所做、所感。当日，参赛歌手共演出近20首具有浓厚北方大学校园气息的自创曲目。市广播电视大学选送的歌手胡

// 常出游的同伴

海泉演唱了《爱要飞》，他用亮丽的歌喉歌咏了校园中大学生间深厚的同窗情，博得了在场观众的热烈掌声和评委的赞誉，终以9.90分名列第一名，获一等奖。"他给学校带来了荣誉，受到了老师和同学们的喜爱和称赞。

海泉是安分的，也是不安分的。说他安分，是他从不惹事，每天放学后的时间，基本在自己的小屋子里度过，或写作业，或搞创作，或画画，或鼓捣乐器。说他不安分，是指他总是有自己追寻的目标，总是有自己想干的事，有时候还异想天开。

// 常同游的伙伴

大学时代对他来说是一段美妙的时光。有几个要好的伙伴，加上他共3个男生、3个女生，这6个人并不是同一个院校的，却因是高中同学，或因住在同一个大院，经常来往，彼此熟络，他们在一起经常组织各种有趣的活动。周末他们汇合在一起玩。比如去蹦迪，他们会错过开始需要落座消费的时间，进去就直接蹦跳，免得还要购买饮料什么的花"冤枉"钱。逢新年、春节、五·一、十·一，或是放寒假、暑假，他们就用做家教赚来的钱（海泉给一个孩子补课，补一次课给10元钱报酬），或跟家里要点钱，6个好友就一块出去旅游，去大连，去蓬莱，去……他们在山东看孔庙，爬泰山，游青岛，还到海边的小渔村吃住，和渔民一道冒雨划船出海。他们尽量扩大自己生活的眼界，不满足学生在校园紧张而刻板的生活，他们快乐地寻找自由自在的日子。他们在一起玩的时候，完全忘记了性别。这几位伙伴一直默默地关注和支持海泉的音乐事业，给他鼓励。3个女生现在都出国了，有的找到了英国人作为终身伴侣，回国探亲时还与海泉聚会呢！回忆这段美好的时光，海泉说："我当时真没把那三个女生当成女孩，但是我们玩得很开心，虽然是上了不同的大学，但只要有假期，大家就集资去进行AA制的旅行。那时候给我很多快乐，所以在那个下雪的夜里，我写了那首歌词，真的是记录了当时那么浪漫的一个心态。而且我觉得这种浪漫是可以持续的，在未来无论你遇到多少波折，面对多少选择、抉择的时候，这种浪漫都会让你很勇敢。那首歌词我记得最喜欢的一句是：

'我们都是爱浪漫的人，用瞬间的领悟驱赶一生的哀愁，用片刻的幻想筑起心灵的阁楼'，其实这就是一种对待人生的态度。我记得，那首歌是在下雪的一个夜里得到灵感的，那时在沈阳的一个大学里，是我的高中同学，我们有几个特别要好的朋友，就是这3个男生、3个女生，6个人，没有那种爱慕的交织，只是友谊。"

大约是读大二的时候吧，海泉也许是酝酿许久，也许是突发奇想，他想把沈阳高校中喜欢音乐的人，就是喜欢写歌、唱歌和演奏的人组织起来，搞一个音乐社团，让大家有机会彼此认识和交流。他身边的好朋友都支持他，给他出谋划策。

// 海泉高中时代的青葱岁月

// 海泉的大学

我在家里竟然找到了当初海泉起草的成立这个社团组织的一些文字。

海泉亲拟的章程总则里,第一条:为了丰富沈阳大学生的业余文化生活,适应社会主义对人才的需求,提高大学生文化素质。第二条:以爱党爱社会主义爱祖国爱人民爱集体为成立本组织的宗旨,坚决反对危害社会秩序和破坏国家安定团结的活动和行为。第三条:本组织以促进高校间校园音乐交流,提高大学生音乐素养为任务。第四条:本组织下设乐团、合唱团、宣传部、社会实践部、后勤部。第五条:本组织成员要求具有相应的能力。第六条:有权参与组织活动决策,对组织提出合理的建议和意见。第七条:要求成员守时守信,有较强的集体责任感和集体荣誉感。第八条:本章程于1995年10月29日通过,于11月2日开始执行。落款是海泉为这个组织起的名字"校园音乐公社"。

海泉还为这个公社草拟了成员的行为准则：第一，维护祖国的利益，不得参与任何有损祖国尊严和荣誉、违背四项基本原则、危害社会秩序的活动，反对破坏安定团结的行为。第二，遵守宪法和国家的各项法律规定，努力做维护民主和法制的典范。反对无政府主义。第三，互相尊重各自的音乐风格。第四，坚决反对个人主义，个人利益要服从集体利益。第五，彼此间团结友爱，互相学习，互相帮助，爱护集体财产。第六，遵守本组织的活动纪律。加入校园音乐公社的要写申请书，要写上姓名、性别、所在院校、所学专业、特长……

// 小学的同学们（前排左四为海泉）

我看到他们当年不辞辛苦地到各院校去张贴的一个通告：

> 拥有自己的一片音乐天空，开拓青春与梦想的独属。
>
> 让我们系着对音乐的挚爱手牵手，走成自己的一块方阵。
>
> 一直期盼有这样一个本地校园流行音乐人才自己的组织，一直希望有更广泛的彼此间音乐创作与乐器演奏及演唱的交流和互补，现在有了"校园音乐公社"这样的组织，给了我们用音乐耕种希望的田野，如果您有与我们同样的梦想，请加入我们。我们是沈阳本地区第一个高校间的非正规音乐组织——校园音乐公社，希望您会成为我们的一分子。
>
> 要求能力：乐器演奏、词曲创作、演唱、音乐活动策划及组织。

下面写着联络人：胡海泉，沈阳电大经济系主楼308室。另两位联络人是辽宁大学外语系的谢名一和沈阳财经学院财经系的何鑫。

海泉和几个热衷于音乐的伙伴，把油印好的"通告"张贴到沈阳各大院校的告示板里，有的还张贴到学生宿舍楼外或楼里去了。

很快，就有许多人报名，这完全出乎海泉的意料。因为

// 为音乐而沉醉

有太多像海泉一样喜爱音乐的年轻人，也像海泉一样有太多的困惑与彷徨，需要大家在一块切磋与交流。这些同学，对音乐的热爱超过一切，却不知自己该怎么办。

这个音乐公社，刚成立不久，就流产了。因为他们这个组织的名字里有"公社"两个字，过于敏感，当时有人将他们的通告交到了有关部门，然后，海泉等几个创办者就成了被调查对象。不是学校的人在查，是公安局的人来查。他们找海泉等几个参与"音乐公社"的筹划活动的人谈话。平时对海泉很好的学生部部长，突然很严肃地把他找了去，说："你到这来一趟，有人找你谈话。"海泉不知是什么人找他，也不知是什么事情找他。去了之后，见到了一个公安局的人，虽然不是审问，但完全是质问的口气，一边问一边做笔录。他问："你什么时候有这个想法的？你想干什么？其他几个人叫什么？在哪所学校？"后来海泉才知道，同学中许多人在他之前就已经被质问过了。结果是可想而知的，有关部门发现这是个可笑的误会，说他们喜爱音乐的背后，并没有"阴谋"。没有"阴谋"也不能办下去了，因为海泉和另外几个主要创办者都在念大学三年级，要思考毕业后做什么，没有太多的时间和精力经营这件事了。加上经过被"调查"，这件事也就放下了。

"校园音乐公社"应该是海泉的一个梦，是他一个美好的憧憬，是他内心的一个朦胧的有兴味的追求。

海泉读大学时，辅导员老师李庆燕曾在1994年12月16日写给海泉一篇祝词：

> 我一直相信
> 你应该是二百七十六只雄鹰中飞得最高的一个
> 我一直相信
> 你应该是二百七十六颗星星中最夺目的一颗

这位辅导员老师知道海泉的兴趣和爱好，一向给予有力的支持和鼓励。据海泉的同学王三川讲，李老师对海泉特别好，课间休息时，教室里几个同学说笑过于吵闹，李老师来了，本来要厉声批评的，一看海泉也在其中，态度马上变得温和了。我和老伴对海泉的爱好和兴趣也始终给予最大的支持和帮助。有一次，沈阳广播电视大学在沈阳市文化宫举办大型文艺晚会。我们听说是海泉和一位女生联手主持，就找到文化宫的熟人，躲在剧场二楼的最后一排，从头到尾观看了海泉的主持，

// 沈阳大专院校文化节节目单封面

而海泉对此却一无所知。我们担心他事先知道会紧张，会分神。海泉参加"美好年华"大赛之前，我们领他到太原街几个大商店，帮助他选购了一件特价的100元的红色T恤衫作为演出服。我想我们能做的就尽力去做，让孩子感觉到家长是他前行的后盾。在《青春·理想·太阳》第四届沈阳大中专学生文化节闭幕式上，海泉独唱了自己作词、作曲的获奖歌曲《爱要飞》，而这首歌的伴奏带，就是他自己完成制作的。在这个闭幕式上，海泉还为伊朗国籍的中国医科大学研究生赖鑫演唱的《耶利亚女郎》钢琴伴奏，那天演出，他的多才多艺令许多人记住了他的名字。特别是他的学校，因为他的好成绩而感到自豪。

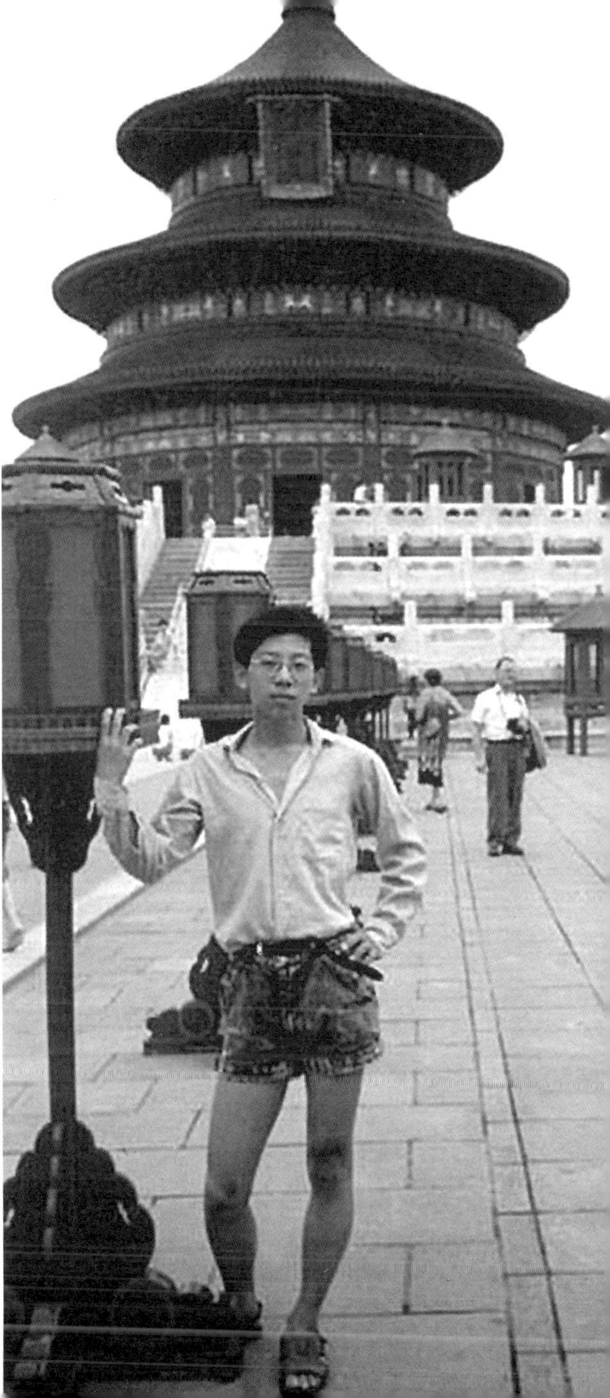

4. 音乐诱惑着海泉
   只身赴京闯荡

海泉读高中时在本子上写了一首诗,标题是《音乐与我》,我正是从这首诗中了解到他的心迹:

音乐做风的时候

我是一片飘零的叶

音乐做海的时候

我是一条远方的溪泉

日夜的向往

日夜的流淌

只向那一片归宿的梦乡

音乐做诗的时候

我是一枝诗人掌中的花

音乐做人的时候

我是一丝微颤忧郁的目光

黑暗里怅惘

白昼中流浪

只为着一片纯纯温润的怀想

音乐总在远方

在那一群自然的美态里伏藏

而我宁在此静静眺望

只让我那小小的心愿

随时光

徐徐飘融入远方的太阳

说起海泉，必定要说他是怎样只身赴京闯音乐世界的。

1995年9月23日，从北京来了两位客人到沈阳我家中访问，这就是中国音像制品制作评价中心总经理老顾及秘书小沈。这个中心当时归属国家电子工业部管理，他们是来与我商量把我作词、陈枫作曲的那首歌曲《我把太阳迎进祖国》拍成音乐电视的事。他们到来的时候，恰好海泉下午没课，正在家弹钢琴，而且弹的是自己创作的一首歌曲。顾总对此很感兴趣，便问海泉还有其他的作品没有，海泉打开琴凳盖子，顾总看到许多首海泉自己作词、作曲的歌曲。顾总听说海泉还有一年就大学毕业，当即请他毕业后到他们中心去做音乐编辑，说他们就缺少一个像他这样既年轻又对音乐喜爱，还有一定创作能力的人。顾总说，这个冬天放假就可以去试试。如果满意以后就在他们单位上班吧，他们是国营单位，到退休都会给百分之百工资。海泉听了有点动心，他当时觉得音乐编辑，总算与音乐挂上了钩，海泉当然不会对退休后工资给百分之多少感兴趣吧。

1995年期末考试后的寒假期间，海泉曾赴京去音乐制品制作评价中心试了两个星期，感觉很新鲜，于是在1996年最后半个学期想请假去这个中心继续学习。这时候，节外生枝，学校方面不放海泉走，要走，必须请假，写一个报告，校方批准才行。我找到主编沈阳市《自学考试通讯》的老同学王克勤，请他与校方沟通。海泉也找到学校学生处的处长，这位处长是我沈阳第二师范学校不同届的校友，他让我签了字，说如果海泉在北京出了什么事儿，责任自负。海泉就这样去了北京，在那里待了一两个月。

海泉赴京是充满了希望的。他把自己喜爱的音乐磁带一个个去掉了外包装，只要里面小小的带心，因为这样可以多带一些去。他喜爱的磁带，在家有两个大抽屉，装得满满的。这次他带去了齐秦、周华健、谭咏麟、苏芮、赵传、杜德伟、张国荣、张雨生、王菲、王力宏、张惠妹、莫文蔚，还有外国的乔治·麦克等很多很多歌手的磁带，还有他喜欢读的书，把旅行兜装得鼓鼓的。他一手拎着兜子，一手攥着一把吉他，匆匆地去了。这把吉他，是《长江之歌》作词的好友胡宏伟送给海泉的。我们送海泉到沈阳北站的站台上，可是，他要乘坐的那班车没能挤上去。我找到了熟人——沈阳北站客运值班主任唐冰，在下一趟从长春经沈阳去北京的旅客列车进

// 在妈妈的怀抱里

站的时候，唐冰与车长说了，破例让海泉挤了上去。车上根本没有空闲座位。列车员大姐叫杜娟，见他拎着兜子和吉他，不但没座位，连放兜儿的地方也没有，就把自己窄小的列车员室让给海泉落脚休息，就这样一直到了北京站。因海泉在车上没有补票，杜娟大姐亲自把海泉送出检票口，她本人因此让车站罚了款。后来海泉在一次电视台做节目时请导演把这位杜娟大姐找到了，海泉当面向她表示了感谢。

海泉走了半个月，他妈妈想念从未离开过家的儿子，天天想！便到沈阳太清宫花了5块钱为儿子抽了一个签，人家告诉他说这是吉签，上面印着："鞭策长安路，天仙第一班。已及时，春风桃李姓名奇，一枝独占梅花上，次第春风到草庐。"长安，古为首都，那就意味着是现在的北京了吧？"天仙第一班"可以理解为搞音乐的吧？还有"次第"如何，就是过了一年就会有成果了吧？其实，这种抽签的举动，就是求得一个祝愿、企盼和安慰吧。他妈妈把这个签纸夹到自己一个重要的本子里了。

海泉到北京的当月，我也要到北京出席总政召开的全军创作会议。我提前到了北京，首先去看儿子。在总政工作的战友王玉祥（时任解放军艺术学院文化工作系政委，后任总政军乐队政委、总政歌舞团政委）家里，熟悉的战友们大聚会，海泉讲了他来京的情况，他和一个叫顾大成的小伙子住在一起，大成会编曲，他跟大成学做MIDI（编曲），学了不少东西。

海泉回到沈阳，关于他去北京，校方仍有看法，但已经非常给面子了，因为海泉代表学校参加大中专那个文化

// 大学时的红马骑士

节，得了第一名，给学校争了光。但终因他尚未毕业离校，还是需要与学校学生处沟通，请求他们的谅解和同意。这时，海泉还应辽宁广播电台之邀到直播间做节目，讲述在北京闯荡的一些感受，电台还播放了他在北京自己创作和制作的歌曲。有听众打电话到直播间，问他在北京的情况，讲听了他歌的印象，给他鼓励。其实打电话到直播间的多是他的同学和亲人。海泉表示自己不会让家乡父老失望，一定在北京学更多的东西，把自己想做的事情做好。很快，海泉又回到了北京。

1996年夏天，我到北京商量央视播出《我把太阳迎进祖国》音乐电视的事，顺便去看望体

// 叶乔波听海泉弹琴

坛尖兵、我国著名速滑名将叶乔波。我和叶乔波同属沈阳军区，我曾帮助叶乔波整理并出版了她的日记《未来不是梦》，还写出她的报告文学《酣梦于冰》，发表在《人民文学》上，《新华文摘》作了转载。那时叶乔波在北京华北大酒店里开了一家以她名字命名的公司，很正规。她期望在南方如广州这样的地方，盖一座大冰雪馆，让南方同胞也能滑冰滑雪。她听说我要去看海泉，立即从她的司机手里把车钥匙要过来，亲自开车送我。她这台车是新购的，还没上牌照，里面座位上原封塑料套还没摘下来。而她本人也刚刚学会开车。车子在北京三环汽车拥堵的路上穿行。我们找到红领巾公园，这里离海泉供职的单位就不远了。

// 海泉海英看望伤腿后的叶乔波

可我们找了几圈，硬是没有找到。那时候我还没有手机。乔波是单位总经理，事情特别多，我让她回去。她原来不同意，她说她也要看看海泉。乔波在沈阳和我住的是同一栋楼。她在国外参加速度滑冰比赛腿伤回到家，经常打电话来，让海泉弹钢琴给她，她就在电话里听。她欣赏海泉弹的钢琴曲子，甚至她家来了外国朋友，也请海泉去弹琴。她在哈尔滨办公司的时候，还请海泉为公司的店歌作词、作曲，并且给了几百块钱的报酬。海泉就是拿了这笔钱买了隐形眼镜，终于摘掉了从小学三年级就开始戴的近视眼镜。乔波开车走后，我在一个食杂店打公用电话到海泉单位，那边过来一个人把我接到了他们单位。这时海泉出去办事还没回来。这个单位其实就是很偏远的一个小学校的校舍，有几间房子，海泉就在这样的环境里工作和生活。白天，有单位同事来上班；晚上，除了值班大爷和一对准备考研的年轻夫妇，还有就是他住在这所小学校里，十分孤寂。海泉就用读书和写歌来打发难挨的夜晚时光。这个小学的校长是一个年轻人，姓李，他喜欢海泉，常找海泉聊天。从这里到市里去，需要换乘好几路公交车呢。

1975和1976年我曾在《人民日报》文艺部学习并帮助工作两年，我还曾在总政解放军文艺社诗

// 作者在《人民日报》文艺部学习时

歌组和评论组帮助工作一年，对于北京我比较熟。我考虑到海泉到了北京人生地不熟的，就给在北京的朋友写了一些信，介绍海泉的情况，请他们给海泉以力所能及的帮助。海泉去北京时，我给他写了一张纸，也可以说是京都"联络图"吧。纸上面标明近20位朋友的联系方式。海泉远离家人只身赴京会遇到多少困难啊！

当时我给海泉开列的京城文艺圈包括媒体圈我熟悉的朋友的电话号码、家庭住址，包括让他找空军创作室主任、《今天是你的生日》的词作者、著名作家韩静霆及其夫人王婵，约会他们的儿子也是搞音乐的雪村兄弟，包括让他去找在《解放军报》工作的老战友黄国柱、曹慧民……可他，都没有去找。还有像热心的沈阳军区歌舞团著名声乐老师路梦兰，为了海泉给她熟悉的著名歌唱家王昆还写了信：

王昆大姐：

您好！在电视里看到您的影子感到非常亲切。您的声音还那么年轻，吐字与音乐结合的那么好，真是我们学习的典范。我愿听到您更多的歌！

今日写信是介绍我们沈阳军区全国著名诗人胡世宗同志的儿子胡海泉（我的邻居），20岁，今年大学毕业，他能作词、作曲，能制作音乐伴奏带，他想投奔您，拜您为师。如果您需要做伴奏带，不要再找别人去做，他能给您做，不要任何报酬，只希望老师能收留他为学生。

拜托您了。祝您身体健康,有机会去看您!

路梦兰　宇

96,10,2

这样的信,海泉都一直揣在兜儿里,没有去打搅和麻烦人家。

为了挣生活费,减轻家里的负担,海泉在他初来北京认识的朋友顾大成那儿拷贝一些歌谱,抄下歌词,把伴奏曲子编好,自己练到可以独自演唱的程度,然后骑着自行车,到各个酒吧去问:你们这儿要歌手吗?你们需要一个弹键盘的吗?他当时哪里知道,没有熟人的介绍推荐或老板亲自考察过,人家不会随便答应收留驻唱的。那时表演都是一个乐队,有弹吉他的,没有弹钢琴的。海泉这样去找工作,没有一次找成。有一天,有人打电话给顾大成,说有一家酒吧晚上表演,请大成去,大成有事去不了。恰好海泉在大成那儿,大成

// 自信的微笑

说我介绍一个朋友给你吧。这样就把海泉介绍去了。这个酒吧在东单大街和金宝街交界的路口,大约叫富商酒吧,现在早就拆掉了。这天中午,来了一位陌生的朋友,他是吉他手,玩摇滚的,他给海泉借了一个电子琴,还有一个歌手,他们二人排练了一下午,晚上就去表演了。这是海泉首次在酒吧演唱,这是他依靠自己演唱第一次挣到钱。后来海泉自己有了合声器,去酒吧演出就抱着它坐地铁,兜里揣着电源线。下了地铁还得打出租车。直接从住的地方打出租车太贵,不舍得,没有那么多钱。经常是表演完了,夜也深了,没有公交车了,只好打的。大多数是哥儿几个一块打,AA制。打一般的的士,不如打面的便宜,

// 累了,在出租房子里睡着了……

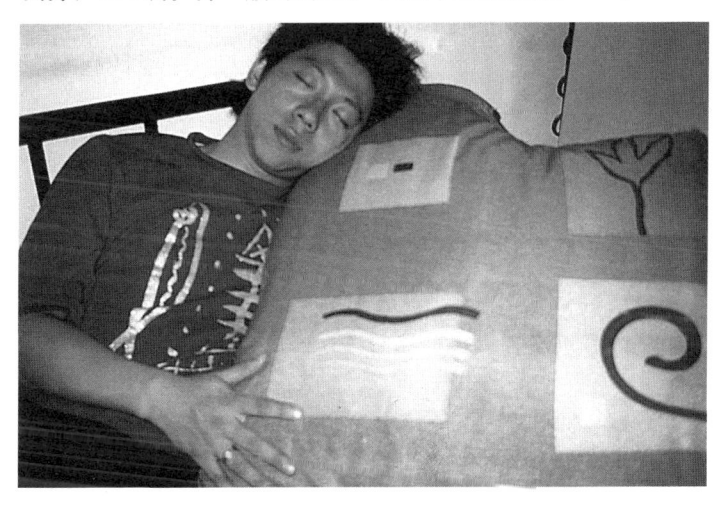

所谓面的，就是小面包。一般出租车是 10 元，它只要 6 元。如今这种面的早就被淘汰了。那时，老远见来了车，手搭凉棚望一望，如果不是面的，就假装不是要打车的人，如果是面的来了，才伸出手臂招呼。

有一回，海泉住长椿街的时候，半夜打的回来，安全保卫人员要查两证：身份证和北京临时居住证，北京临时居住证也叫"暂住证"。海泉的暂住证丢失了，安保人员很认真，说那不行，应该有啊！海泉说没有。安保人员说，那得把你的琴扣下。你去取暂住证吧，取回来把琴给你。海泉到哪儿去取暂住证啊？只好让人家把琴扣下了。第二天想办法跟人家交涉，我得演出，没琴不行啊！人家就说琴给你行，那就得罚款。海泉问罚多少钱？人家说：50 元。海泉咬着牙把 50 元给了人家。第二天夜里演出回来，远远看到几个安保人员仍在那个路口上。海泉赶紧让的士司机想办法绕了过去。

曾有一次，海泉在方庄的租房不让住了，临时上哪儿找房啊！他没法，只好临时住在一个哥们儿家里。

有一年春节，海泉一大早天未亮就赶到北京站。他身穿棉外套，衣服里揣着个钱包，手拎两只箱子，在走向站台的时候，感觉有人撞了他一下。那人撞完他转身迅速离开了。海泉摸一摸衣服里面的兜，坏了，钱包不见了！"钱包！谁偷了我的钱包？"海泉瞅着转身离去的那个人大喊。那人闻听他喊，撒腿就跑。海泉把箱子放下就开始追。海泉傻乎乎地使劲追，那人跳到火车道下边了，海泉也跳了下去。那人从火车底下钻过去了，海泉也从火车底下钻过去了。海泉喊："你给我留二百啊！你别跑啊！你给我把钱包留下啊！"说实话，那人如果有同伴，海泉就注定完了。过了一两个火车道，那人也累得不行，吓坏了，大口喘着气。这时，海泉想到开往沈阳的火车要开了，自己的箱子还在站台上。如果箱子没了，那就更惨了！他眼看要追上那人了，只好放弃了。他迅速回到站台上，真糟糕:两个箱子只剩下一只了！那只呢？那只呢？海泉脑袋一下子就大了。有人对他说：你去看看垃圾箱，会不会在那里？海泉跑过去看垃圾箱，果然他的箱子在那里呢。是工作人员真的把这个箱子当成垃圾了，还是故意暂时把这箱子放到垃圾箱里，等没有人找的时候，

// 春节回家看望爸爸妈妈

再把它归为己有？海泉把这个箱子拎出来，一颗心才放到肚子里。而且多亏车票不在钱包里，就在箱子外头的小拉兜儿里，如果在钱包里一块被偷了，即使上了火车，回沈阳补票都没有钱啊！这件事海泉当时并没跟爸爸、妈妈说，只跟姐姐说了，姐姐给他钱买了返回北京的火车票。

　　海泉回沈阳时，我们曾对他说，如果北京很难待，就回家吧！那时辽宁电视艺术中心一位主任知道海泉在北京学了音乐制作，对我说：让你儿子回沈阳来吧！可以在我们中心负责音乐制作方面的工作。我们也觉得海泉一个人在北京闯，太不容易，回到沈阳怎么也可以给他一个照应。

// 海泉与海英

可是，海泉铁心留在北京坚持发展。

坚持，两个字好认、好写，真正做到那是需要恒心和毅力的。海泉说，挺过来、撑过来的人都会过得越来越好。

初来北京的海泉结识了秦天。当年海泉所在公司租住一家幼儿园的房子，而秦天住在三环以外在别人楼边上搭的一个小棚子里，东北人叫偏厦。有一天听音乐制作的讲座，在电梯里有位大哥见海泉抱着设备，很兴奋，很热情，硬拉着他去吃饭。就是在这个饭局上，海泉认识了王珏和黄征，王珏是歌唱家朱明瑛的儿子。海泉想，认识谁都行，反正在北京我两眼一抹黑。当时王珏刚从美国回来，他请海泉到他家做客，在王珏家，海泉又认识了秦天。王珏的爸爸是声乐老师，有很多的学生，黄征是他的学生之一。当时的秦天从南方军营过来，他在广东出过《军营民谣》的

// 海泉与黄征在丽江

专辑。秦天看好了海泉，到他居住的幼儿园来，请他合作办音乐工作室。秦天虚心地向海泉学编曲。

海泉不满足只学编曲，想尽多地武装自己。从沈阳军区调到北京的我的诗友黄恩鹏在解放军艺术学院工作，他请示了声乐系李双江主任，批准海泉来旁听一些课程。每次听课时，海泉一大早不到5点钟就骑车出发，把车子锁上，放在9路公交车站，然后坐公交车到长安街，再坐地铁到木樨地，之后换乘公交车到魏公村。上课时，海泉坐在教室的最后一排，与也不出名的韩红是"同桌的你"。海泉递给韩红的名片上印着中国音乐制作评价中心音乐编辑。韩红很喜欢这个爱写诗的弟弟，常把海泉没有的教材和练习册给海泉用。后来，两人都唱出来了，他们第一次同台演出相遇是在内蒙古，两个人互相认出来，异常的惊喜。韩红曾送给海泉一件上衣，很宽大、厚实，海泉转送给我了。在海泉和羽凡举办北京首体演唱会时，韩红手捧着九十九朵玫瑰上台献给了海泉。韩红每次出自己的专辑都要用很漂亮的字写上："赠给诗人海泉弟弟"。

两年后，我到北京，一位在演艺圈很有名的朋友，听说我儿子"北漂"两年了，也在搞音乐，就问我海泉为什么不来找他啊？我回来把这个"为什么"交给了海泉，让他回答，海泉很平静地说："我现在什么都没做出来呢，找人家干什么呀？"他把我给他写的那张京都"联络图"归还给了我。他是想用实力证明自己，是想凭实力打拼出属于自己的未来。只有一次他为所在单位推广CD盘，去找著名作曲家付林，顺便带去了路梦兰老师给付林老师写的信。只此一次。我问他为什么要这样？遇到困难的时候本可以找我的这些朋友和老师啊。海泉还是那句话："我什么都没有做出来，我找人家干什么啊！"

海泉与羽凡组成乐队后跟滚石公司签约了，需要录小样送给总部领导听。陈羽凡也没有像样的吉他啊，当年他爸妈给他买的那把吉他只用了三五十块钱。海泉从滚石公司的杨威手里借了一把价值近6千元的好吉他。海泉住在北京西客站南边的一个偏僻小区，海泉打算把吉他拿回住处编曲。上出租车时，海泉顺手把这吉他放在车后座上了，自己坐在副驾驶位置上。出租车到地方了，他人下

// 品尝着彼此拥有

去了,吉他丢在了车上。等他转身快要进楼门时,突然发现手里没琴,这时候,出租车还在胡同里转来转去呢。海泉赶紧往外跑,当时鞋子特松,跑不快,也来不及紧鞋带了。海泉跑到胡同口,那个车已经拐来拐去拐没影儿了。海泉企求司机师傅良心发现,一会儿兴许能转回来把吉他归还给他。他怀抱着希望在路口整整等了3个多小时,等啊等,等啊等,最后十分扫兴地回了家。进了家门,倒在床上,海泉整夜没有合眼。

海泉和朋友们在酒吧唱歌,有时老板无缘无故就欺负演出的乐队。原因有时只是老板心不顺,有气没有地方发,这些乐手和歌手就成了他的出气筒。甚至设备坏了,也诬赖是他们给整坏的,

// 与爸爸妈妈在部队营区

让赔钱，不赔钱不行。

有时我和家人说到海泉这些坎坷经历，还有些事，比如像把贵重的吉他落在出租车上，等等，是从电视访谈节目里了解到的，可海泉从未和我们说起过，他对家长从来是报喜不报忧。我们问海泉，为什么不与爸爸妈妈说？海泉笑道：不是不愿谈，本身我就没觉得是苦，也不觉得为难。他就是这样一个乐天派。

海泉说：在首都被认可了，才有可能在全国被认可。这话说得不错。羽泉的成长和成功，让我坚定了一个感悟，那就是首都的重要。首都就是首都。首都，肯定是一个国家的政治中心，是不是经济中心我说不准，但肯定也是一个国家的文化中心。一个歌手，一个艺人，能不能在首都红，在首都火，决定了他能不能在全国红，在全国火。为什么那么多能人都往北京跑？为什么总有一支信念坚定、意志刚强、人数众多的"北漂"大军呢？改革开放初期，我在沈阳军区政治部做文化处长，业务范围里就有服务和管理专业文艺团体的工作。军区一位著名歌手，千方百计要

// 初到北京

去北京发展，而且是总部要调她去，她一点也不留恋沈阳。我对她说，你是沈阳军区培养成长起来的，在沈阳军区受到如此的重视，而且绝对是一根台柱子，为什么还不满足，还要去北京呢？北京人才那么多，你去了未必能站头排。她说，北京机会才更多啊。她说了一个假设：假设外国来了一位总统访华，到了北京，中央需要组织一个小规模的演出，马上就会在首都文艺团体里找人去了，你再有名，能用专机来接你到北京表演吗？来得及吗！

当初海泉也说过这样的话，他说："我们最开始体会到受欢迎只是在北京。而且我觉得如果

// 我爱北京天安门（初中时的海泉）

在北京没有受到欢迎的话,在别的地方当然也不可能。"北京的电台播放羽·泉的歌,打榜能打到前面去,就是一种认可。他们的《最美》在北京文艺台中国音乐排行榜夺得了冠军,影响非常之大。羽·泉的音乐确是从北京推向全国的。北京认可之后,再一个地方、一个地方推广,这样的路子就非常之顺当。

在那几年,中国内地的电视台有股综艺节目的风潮。这对歌手来说,是最好的曝光方式。羽泉的态度是你邀我,我就去,不计收益,甚至你让我做什么奇怪的游戏,虽然有些不适合我,虽然并不情愿,但我也去。在那段时间,他们走到了很多很多个城市,那个曝光率对他们是很有用的。这种到处奔波的工作状态,让他们形成了一种习惯,如果一段时间没有事,不忙,他们反而觉得不舒坦了。

我曾在首都体育馆、在北展剧场,观看到羽泉在北京受到热烈欢迎的难忘场面。

那时他们在北京已经很火了,可是唯有上海不认他们,到了上海,人家不怎么知道羽泉是什么人。上海与其他城市确有不同之处。羽泉通过一两年主攻上海的努力,才真正让上海喜欢了羽泉。他们成功地在上海举办了演唱会,这也是"主攻"的一部分。那场演唱会,羽凡的父母和我们夫妇都去现场助阵了。演出地点在上海大舞台。大舞台外面悬挂着他们很大、很大的宣传画;大舞台内,环场悬挂着羽泉《旅程》里的歌词:

打开大窗眺望一片海,我们一起寻找梦中的未来。

我说人生就像那旅程，谁知道转弯后的风光。

雨后才有天晴，泪水后见阳光……

这个体育馆能容纳万人。我们从贵宾口进入，在主席台上就座。还差20分钟开演的时候，座位上还稀稀拉拉的，没多少人，我们曾担心会冷场。可是临近开演的时候，观众呼呼地往里进，一下子就爆满了，真的是座无虚席。上海人和我们东北人不一样，我们是在开演前很长一段时间就先坐好了；而上海人是守时的，他们仿佛是"踩着点儿"来的。

逼真的椰子树和白色的船帆被搬上了舞台。音乐会在火爆激烈的音响和大屏幕闪动的羽泉影

// 爸爸妈妈在上海看羽泉演唱会，那天到得太早了

像中开场。调皮的羽凡穿了一条苏格兰男人的裙子。左边是羽凡的吉他,右边是海泉的钢琴,他们时分时合,跑来跑去,紧张而活跃。每首歌下来,我看见海泉和羽凡都汗流浃背。《冷酷到底》、《选择牺牲》、《深呼吸》……观众情绪极为热烈,尖叫声不断,鼓掌声响亮。从头到尾演出相当成功。中间我看到海泉的好朋友陆毅上台献花并分别与海泉、羽凡拥抱。足球明星范志毅上台献花。有很多人上台献花。场内有从北京开来的羽泉曾驻唱的"五月花"酒吧的队伍,当年他们俩曾在这个酒吧唱歌;有天南地北赶来的"羽泉地带"的队伍,更有一个赛欧羽泉歌迷车队,千里迢迢赶来捧场,极为亮眼。海

// 海泉爸爸妈妈与羽凡爸爸妈妈

// 亲密的兄弟

泉在台上一一感谢了应该感谢的人，当他们说"今天到场的还有我们的爸爸妈妈"时，前面的观众全回头张望，我也机智、搞笑地跟着回头往后看，让人们搞不清羽泉的爸爸妈妈到底坐在哪里。

羽泉在台上把他们自己的卡通形象当成木偶道具，不时地把形象卡通扔到台下观众席上，还把他们签了名的足球，不断踢到台下，踢下去的不是一个两个三个五个，他们踢下去二十多个有他们签名的足球，每一个卡通形象被扔下去或每一个球被踢下去，都在场内掀起一阵轰动。

上海是一个有国际影响和威望的大都市，在中国，它仅次于北京，它不轻易认同一个理念、一个模式甚至一个歌手。

那个晚上，我们回到房间不一会儿，海泉就过来了，海泉激动地和爸爸妈妈紧紧地拥抱着，庆贺他们在上海取得的又一次成功。作为长辈，父母的力量其实是很单薄、很微弱的，但我们始终坚定不移地、不遗余力地支持着他们！我们眼见他们在一个又一个城市打胜了扩大影响的战斗，这种胜利，很快从北京绵延到了全国各地。

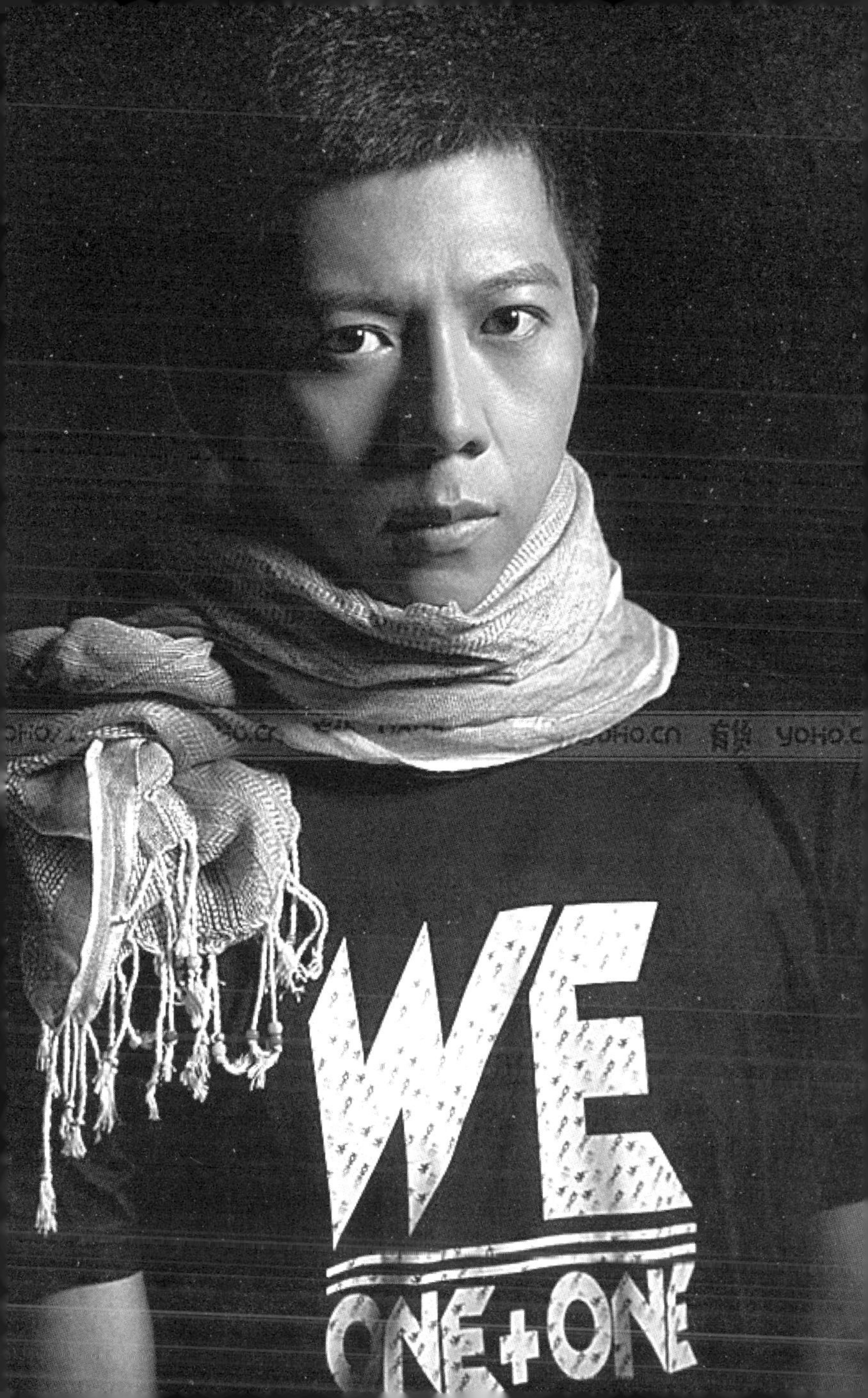
WE
ONE+ONE

泉·最美
QUAN · ZUIMEI

5. 初来北京的海泉感到
　 生活充实而美好

后来，我在海泉当年写下的日记中，看到了海泉是怎么度过初来北京那一段艰难时光的，他的日子过得很紧张、很拮据，但却很充实、很快乐：

1996年10月19日

从今天起，我又开始记日记了。写日记是许多年前的事了。后来开始写诗，写散文，再后来又开始给诗谱曲，再后来想起写歌。唱歌，可能是属于我的路。再后来就来了北京，每天带着不变的梦想，或是走动奔波，或是修身养"技"，许多失望，却依然自信。再后来就是决定今天又一次开始记日记，期望着从此又有一个奇迹般的开始。

其实，记日记，主要是想记录下到北京来发展的每个过程，每段心路，每次遭遇以及之后的感受。

现在我身处自己的起始阶段，除了脑子里的想法和心里的旋律之外，一无所有。但我绝对是幸运的。不知还会否幸运下去。这就是人生的路。回头时，宿命感便油然而生。

希望多年之后，能再翻一下这本子，无论那时个人发展的境况如何，也将是一种令人回味的珍惜和一种令人珍惜的回味……

昨天，再次回到北京，秋意更浓。对这个城市，我已不再陌生，走入街市感觉挺随意，心里莫名地快乐起来。

今天下午，我去了付林老师家。对我这样一个刚刚踏入音乐之路的无名小子来说，可以说是一种令人兴奋的荣耀。我真是幸运的，包里有路梦兰老师的推荐信和顾经理顺路让带去的赠送CD盘。比唐突地上门求教强一千倍。

入海政大院难如攀巴蜀山岳，忘了带证件，只好让王老师的夫人石阿姨来大门口接，更是不好意思。石阿姨和善为人，没有以上对下的盛气，令我吃惊。足见付林老师在文化界受人尊敬的必然。真正的高人会平视众人，无上下之别，一律对待，这不仅是一种德行，也是其艺术心境的体现。

只可惜，未能亲见王老师，他这几日繁忙之极，我来时刚刚休息，不好打扰，在付林老师家高雅却不堂皇的客厅里，石阿姨和善地打问我的情况，我留下了自制歌曲样带和词曲谱子，不便久留，只是希望付林老师两口能够听听样带，如有想法再找我联系。就这，也已经令我心满意足了。这个开始给我一种很好的预感，我再一次产生了这个从前有过很多很多次的希望——希望我在音乐圈里第一个好机会从这里开始，我要把自己写给世界、写给别人、写给自己的歌，还给世界，还给别人，要让自己的音乐想法显露给所有观众和听众，这就是我现在最大的奢望，愿它不仅仅是个奢望，愿它是一个看得见、

// 与爸爸在他的出租房内

追得到的希望……

1996年10月20日

上午11点从床上起来,用两个小时洗衣服,阴霾的天色笼罩着心境。

晚上,下起了细雨,细雨在窗外低吟。

独自在大屋里,抱着吉他,哼唱起来,顺着兴致给两首老词和新词谱上了曲子:《夏天的快餐之恋》《世界就是这样》,风格属民谣,很随意,很简单,哼起来很顺口。于是唱起来没了完,才发觉夜已很深,周围的一切已无声了。这样的夜很美,挺惬意,只是因为明天的未知而有点空洞。

"夏"讲了一个故事:两个人在快餐厅里邂逅,后来……想借这个故事讨论现在时尚的一种爱情,足够浪漫,但不知是否会持久。

"世"是一种疑问的情绪,处在困境中的孩子该怎样面对这个世界,并与之相处呢?于是只有一个简单的道理作为答案,我反复哼唱"世界就是这样,世界就是这样,世界就是这样,他不会永远是一个样儿。"我很喜欢这首歌中的一段歌词:

白昼在晚霞中留恋着夕阳
黑夜在晨曦中不舍那月亮

当我们沉入漆黑的夜色

就注定要沐浴又一次的阳光……

1996年10月21日

下午去印名片，回来路上遇顾经理、沈姐和王师傅，他们正想找我，于是自行车放9路车站，上了皇冠车。

顾经理说带我一起去见金铁霖和徐沛东，心里高兴，他们都是音乐界的大腕儿，相识必有好处。可惜都不在家，都没见到，心里记着住地，有机会再访：

金铁霖，北四环外中国音乐学院校园对面……（略）

徐沛东，劲松桥往西，往南，两高楼歌剧院宿舍……（略）

车里听顾总讲了许多这些人的"趣事"，更感音乐圈的复杂，心惊之余，做好面对任何人、任何事的准备。

1996年10月22日

休息。

下午去看一位同学。无拘无束地聊了很长时间，能谈到的话题几乎都谈到了，相约周末去八达岭或香山。会北航的同学一起玩儿。

晚上，又大唱特唱一阵，又唱得四周静悄悄。

不太困，想看会儿书再做梦。

1996年10月23日

今天，是很重要的一天，或者说今天晚上是很重要的一个晚上。

下班时，经理顺便提起让我试着给徐沛东老师打个电话，如在家，就把CD盘送去。

与徐沛东老师约好我八点到他家，七点二十便出来了，骑车从这儿到劲松

// 投入地创作

要40分钟,自然带上了《归期》这首歌的带子和词曲,想让徐老师指点一下。(前几天我到付林老师处的带子还未有消息,周五便要修改编曲,这是最后一个找人指导的机会,况且又是大名鼎鼎的徐沛东!)

到歌剧院宿舍楼下正好8点钟,开门的就是那张很熟悉的脸,是的,从小就听他写的歌,电视上见过无数次,当然熟悉,只是真正在眼前与你对话,又着实有些陌生。

徐沛东老师把我让进屋,办完正

// 左起:黄征、海泉、羽凡、徐沛东与明星足球队队友

事，马上请教。徐老师听得很认真，然后马上指出了几个缺处，并着重强调了写歌时，结构的至关重要，让我豁然开朗，心里一一牢记所提意见。徐沛东就是徐沛东，不愧是大腕儿，听一遍后所说的是我听一百遍也察不到的。回来一改，果然大为通畅。原来《归期》给我的一种隐约的障碍感，一下子没有了，心里越想越高兴，周末去顾姐那儿，一定好好修一下编曲，再加一些创意。对了，徐沛东老师还向我着重强调了复杂与简单的问题，好作品不在复杂，难在简单！不要急于把自己的一切都用在里面，这是我这样的初入者的毛病。"要适可而止，恰到好处"。真乃金玉良言，我一生不能忘记。

徐老师真忙，我在他家里的30分钟，不断有电话打来，各种事项，都是关于音乐圈的事，从电话里听出徐老师的夫人姓崔，叫崔静，一会儿从浴室走出来一个刚洗完澡的女人，友好地向我问好，我马上说："崔老师好！"一会儿，还有几个大人物来徐老师家谈11月中旬工体晚会的事，不能久留，不停地道谢，不停说再见。我估计，不用一小时，徐老师就会记不起我的名字了，但他给我的真诚的帮助，对我来说却是莫大的鼓励。徐沛东老师在提出毛病的同时，也对《归期》给予了肯定，配器除结构问题外不错，演唱也可以，词汇新鲜，曲调结合也不错，有感情，注意要让"主动机"充分发展,给人留下深刻印象,不能把各动机分割拖拉开,会使人注意力不集中,有厌烦之感——还是那句话——"豁然开朗"。

道别时,徐老师问我年龄,说我年轻,要好好努力。这也是一位善良的长辈给我的希望与鼓励。

有朝一日,实现梦想之时,一定不忘徐沛东老师的鼓励。

继续努力吧!

// 正视未来

1996年10月24日

不寻常的日子到了,现在是下午两点半,刚接到付林老师的电话,了解了一下我的情况,对我很感兴趣,相约明天与他女儿王雪宁见面聊一下合作的事情。我那天的预感是对的。付林老师说我的感觉是对的,需要在实践中锻炼,太棒了——实践的机会可能找到了,我要冷静一下,反思一下自己的作品。对了,付林老师提出写作的题材问题。是的,不能乱写，要有观点，有思想，有见解地去写，才有大的发展。

这几天可能就是我真正走入梦境的开始。

继续努力吧！

1996年10月26日

这两天，有些疲乏，没联系到付林老师，也没有顾姐电话。

昨天去新世纪大厦干活儿一天，头疼了一天，今天上街买了一身新行头。

后天是星期一，去文联找王兆英阿姨，不知会见到什么样的人，不知有什么样的新机遇。

应该高兴起来。

有些人并非以善良的心态对待这个世界和生活在世界上的人，很大的原因可能是这些人在不善良的环境中成长起来。这些人的心境中有不善良所种下的恶果。这恶果的种子会继续萌发下去。我是在善良的环境中长大的，想用善良的声音去唱给那些平凡的人，希望善良的人多一些，希望每个人对身边的世界也多一些善良。

时空在转瞬间，生灵如雨。在水中激起的水泡，跃动着，也破灭着，为这些水泡而歌，也就是在为自我而歌。

1996年10月27日

游艺日,美食日。

晚上,解放军艺术学院黄恩鹏来电话,太棒了,明天就可以去军艺旁听了,希望有用,多认识一些朋友。

隔壁一对夫妻打翻了,一片狼藉,没有退让,没有尊重,没有成功的爱情,他们就是实例,要牢记他们的教训,唉,早着呢……闲得发呆,想写歌。灵感睡着了,叫了两下,没叫醒,只好看书了,

// 经历着一些必经的经历

自学乐理吧……

1996年10月29日

昨天早晨去文联,遗憾没见到王兆英阿姨。下午去军艺上了第一次课,挺新鲜,又熟悉,毕竟没离校园太久,来上课的人年龄差很大,最大的38岁了。

昨天晚上去顾姐那儿改《归期》迷笛,几乎整个重作了,只有前奏部分没动,作好后天色已渐灰白,已是今天凌晨6点了,本想上午去军艺,可脑子不灵了。回来睡了一上午,中午休息一下,下午接着睡。晚上去发廊,宰了一下,回来后就反复听新的迷笛《归期》,反复唱,记下新的感觉。一边寄予着希望,希望这一个小小的初啼,能够给自己带来良好的开端。

天冷了,屋里凉得厉害。

1996年10月30日

到今天下午,读完了赵沛写的传记小说《阿炳传》,读它不只是为消遣。一个天才乐人的形象现在仍在我眼前。他有他贫寒的人生历程,也留下了与

// 辅导小外甥段治先学音乐

这历程反差如天地的优秀作品,发自内心的深处,有痛处,有自省,在痛苦的人生中流露着他的渴望和思想,不怕狭隘,因为他真实。这些作品不为卖得金银,不为博得众人的喝彩,而是自然的声音,是人对世界的一种原始的感知,不论它在什么时候,能感动什么样的人,作品本身就是伟大的。即使有一天在人的社会中消逝了,也是如秋叶一般回归泥土,在复春的花草中,仍会有他的一缕甘醇。

在现代社会中,有几个艺术家能做到丢开一切世俗的欲望,而单纯地为感知灵魂而创作而表演呢?果然,不可能。但可能的是,保持那一份脆弱得易被封存的激情。我应该在许多路中留下一条这样的路走。这条路上生长的不论是鲜花还是野草,都是自生自灭的伟大的性灵,珍惜它们,尊重它们,在为生存而奋斗的时候,切莫遗忘了这路。想必有一天行走到尽头时,回首处,众多来路中,至少这一条是美的。是周而复始的繁荣,是不为世俗所污染的自然的艺苑。

1996年11月3日

昨天晚上七点半去了付林老师家,见到了他和他女儿——蓝月文化的总经理王雪宁,还有和蔼的石阿姨。他们看来愿意给我机会,到蓝月工作室学习整体的制作。大部分原因也许因为我背景比较可靠，看上去特老实。昨天夜里在顾姐那儿改编曲，不上感觉，没弄完。

今早如约去八一厂录音棚，付林老师在那录电视剧，好像是《儿女情长》的音乐，让我去看看，学学。从上午10点半，到晚上9点才回来，跟着吃了两顿饭，看到了从辅mln到录真弦乐，到录唱的制作过程，走时还没缩混，但毕竟是第一次，觉得很新鲜。

上午做迷笛的是总政的吴乐，40多岁，聊天得知原来《渴望》音乐就是他的这琴和这手做出来的。看来他在迷笛圈是"老炮"，有一定资格。他走后跟着来了10个弦乐手，很职业，一定是京城各团的首席，后来来了两个女歌手，一个我"认识"，叫余静，有一定名气；另一个很有个性，叫李敏，很秀气，却剃了个光头，也许是学外国女星OCNNOR，再后来"黑鸭子"合唱组来辅伴唱，也很职业。她们已是伴唱的大腕儿了，两首歌没多长时间，每人240元，不包括车费。然后余静先唱了一首，挺有流行感觉，很快到位。李敏很有歌厅味儿，但嗓音很棒，只是控制有些不准，原来果真像以前听说的，一首歌一句句地拼，不满意的重录，这样一句一段的最后听上去还挺完整，付林老师很有监制水准，我学到不少东西。

走时，顺搭光头女孩李敏的车，她开一辆吉普，挺帅气。她11点半去保利唱歌，把我放在劲松桥，打的回来。我思考着，如果能去蓝月学习，到蓝月去学制作，学好了，很有可能在蓝月做制作，所以我很有可能就会离开现在工作岗位。这倒是我向往的，因为那样的环境才是我真正的梦想。但又是我难于向顾总启齿的。要好好想想理由，不能全盘托出，尽管顾经理很讲情理，但这到底不是一件很在理的事。

明天上午去文联大厦，联系《歌曲》杂志。下午还要去军艺上课。我终于忙起来了，终于有了一点好的希望。要抓紧一切机会学习提高。要用实际行动证明我来北京是一个正确的选择。努力吧！

1996年11月4日

上午去文联，可惜王阿姨有病去了医院。回公司吃了一口饭，又去了军艺。刚下了雨，路上泥水弄得鞋都变成了灰黄色。用了一个半小时才到。课很好听，柴志英老师不错，可惜下面的同学大都没什么基础，不停地把抢着答出功能的报数引以为荣。

回到单位天已经黑下来，给刘梦岚阿姨打电话报告了一下去文联的情况，呼蓝月公司的雪宁姐，想和她谈谈去蓝月学制作的事。没想到她来电话，语气很肯定，要我离开现在的单位，去他们那边学制作。我强调问了一句,是不是那种固定式的工作,她肯定了。说过两天再呼我到蓝月看看情况。其实还用看吗?在上学的时候就听说过蓝月公司的名字,他们也出过不少好的作品,再加上总经理王雪宁又是付林老师的女儿,再怎么说,这次对我来说就是真的像我从前渴望的那种好机遇。无论如何我都会去的(只要人家愿意)。虽然蓝月公司在流行乐圈不是最好的、最有品位的,但对于我来说,更是一个大展拳脚的好时机。

只是不知如何对顾总说这事。他有恩于我,不止一次要我和他一直干下去,做出成果。他对我的信任和厚爱使我现在有一种负罪感,就像鸟翅膀硬了要飞向天空,把巢穴忘在了身后。这样做,再有理由也有些不讲情理。这种念头只是一种忧虑,却不是犹豫。摆在我面前的路很清楚,我知道我肯定会那样做的,错过了机会将后悔莫及。只是……

过几天去看看蓝月的环境,商量一下如何安排我,再考虑如何向顾经理解释这件事吧……

明天一早去干活,和欧阳松他们去看香格里拉拍片,又会是忙碌无聊的一天,但一定要好好干,不能对不起顾经理。在离开这儿之前,一定要完成任务。

那一对打架的夫妇也快离开公司了,和他们相处给了我和他们同类人相处的经验。

1996年11月7日

这两天晚上都去了顾姐店改《归期》的编曲,到今天凌晨算是定数了,好坏就这样吧,今天休息了一下脑子。

唱了三首歌:

《巷子里的夕阳》,属于我很喜欢的那种天成的东西,反映了社会中老人被忽视、被遗忘的现状,希望他们"在夕阳里等待儿孙们回到他的身旁"。

《画个未来画个家》,早有了词,轻俏讨人爱的小品型,一直没谱,今天

// 高考没考好

以很简单的乐句谱了出来,挺上口,易发挥,就定了。

《留下吧》,送游子远去的场面,里面唱着"心里说,留下吧。嘴里说,别想家。眼里说,留下吧。笑里说,放心去吧……"

不知明晚能否到教育棚去录音,如定了,明天将很忙,而且也是我的工程,肯定会有许多毛病,不过,做好思想准备,以学习锻炼为主吧……

1996年11月8日

现在是晚上11点多,刚才从教育棚回来,碰了一鼻子灰,好不容易把迷笛弄去了,却摆弄不灵,急得出了一身汗,急得录音师直摇头,埋怨顾经理又领来了一个"幼儿园"。顾经理也赶去了,结果通电话向大成和张涛请教也不行,只好放弃。约定明天找人再录,于是灰溜溜地回来了,并不感到失望和丧气,因为这是我预料到了的,开始总是艰难的,只有在这样一次又一次灰溜溜的开始之后,才会有收获,有提高。不怕现在被人看扁,只怕走过很久回首时仍一无所成。但我有这个信心,心里很乱,有个念头:干脆放弃这次机会,并非今晚撞了一次壁,而是觉得现在我还有许多问题,迷笛编的太粗糙,嗓音未练习成型,这首作品不很让人满意,做出来宣传恐怕会毁了第一个招牌。而且,这次耗用顾经理的人情、财力太多，而也许不久后会离开这里，怕到时太不过情理而无脸对人。心里真乱，不知如何是好，希望晚上做个梦来给我答案。

一会儿，大成会来，跟他商量商量，问问意见也许可以……

1996年11月19日

很多天没写日记了。这些天一直很忙碌，做了不少事，又遇见了不少人。

首先，《归期》完成了，听上去，不是很满意，但可以拿出去给人听了。母带有毛病，还得烦蔡老师帮助录几盘

// 每遇失败都给自己打气

磁带。

前些天,在赵阳阿姨的带领下,去访老前辈刘炽及其夫人李容功,他们的直率、坦诚、慈祥和幽默给我留下了很深的印象。希望今后能多联系。真正的艺术出于真正的艺术家,真正的艺术家本身就是一种真正的艺术。(胡世宗注:赵阳是我的朋友,时任《妇女》杂志编辑部主任。她与刘炽夫妇是多年的好友。她去北京组稿听说海泉"北漂"在京,便联系到海泉,带着他去刘炽家做客。她事先在电话里告诉刘炽说要带一个喜欢音乐的年轻人到家来,刘炽表示:欢迎,欢迎!海泉非常佩服写出了几代人都喜爱的电影插曲《我的祖国》、《英雄赞歌》、《让我们荡起双桨》等许多好听的歌儿的前辈音乐家刘炽。在刘炽和平里的家里,海泉受到了隆重的接待。刘炽与他聊得很多,聊到音乐和音乐以外的许多事儿。到了中午,刘炽不让他们走,请他们在附近一家饭馆共进午餐。刘炽从家里的酒柜里拿出一瓶茅台,赵阳和海泉都劝阻,太贵重了!刘炽笑着说:"这时不喝啥时喝呀!"海泉搀着手捧茅台酒的75岁高龄的刘炽走在街上,刘炽还给赵阳和海泉一人买一串糖葫芦,他说你们从北方来,这东西好吃啊。那天,刘炽专点了北京的炸爆肚,打开了茅台酒,与海泉对饮了几杯。)

昨天,终于在文联见到了王兆英阿姨,她带我去了1112房间——《歌曲》编辑部。在那儿见了编辑部主任田晓耕老师——又一位亲切的长辈,他听了我的小样儿,给我很高的赞赏,指出许多路子,支持我参加香港题材歌曲比赛。

又一次和付林老师家联系,过一阵子再说吧……

1996年11月21日

昨晚给顾姐编曲,上午去了文联,田老师不在,下午见到了他,很热情,语重心长地给我讲了许多"大"道理,说很欣赏我,看我有发展潜力,这就是最好的鼓励。

今晚还得去改编曲,看来周末得先补一补缺的觉了。

1996年11月29日

又一星期没写日记了。这一段是"弥留期",每天仍有不少事,可心情却压抑而沉重,一直没休息好,所以身体一直不舒服,再加上可恶的食堂,心里和身体一样不舒服,很想写几首歌给自己一些亮色。

这星期二去文联田老师那儿,约定于12月16日送去我的宣传照,得赶紧想办法。昨晚刘梦岚阿姨来电话,说她和王兆英阿姨要请田晓耕老师吃饭,让我作陪。这是好事,下周四。

我得让自己快乐起来
我会让自己耐心等待
什么样的结果都不算太坏
我会让自己快乐起来

《歌曲》杂志编辑部主任田晓耕把海泉作词、作曲的那首写香港回归的歌曲《归期》推荐发表在他为特邀编委,李焕之、张藜为顾问,王中军为总监制的中央人民广播电台有声月刊1997年2月号《广播歌选》杂志上。这期杂志封面是彭丽媛的彩照,后面有"青年歌手胡海泉"的整幅插页彩照,目录第一页只有彭丽媛和海泉两人的小

// 在玉龙雪山

照片。与海泉写的歌曲同时有作品发表在这本杂志上的，还有邹友开、孟庆云、付林、石祥、石顺义、张名河、李幼容等名家之作。在《归期》这个"胡海泉"署名作词、作曲的作品下面，括号里注明了"胡海泉演唱"，还另发了一张海泉的黑白照片。

这一年的11月，全国有一个歌手大赛，要参赛的选手必须在自己户口所在地报名。海泉在北京相识的老师田晓耕告诉海泉，快回辽宁报名吧，这是一个机会，海泉因此回到沈阳。海泉将在沈阳参加歌手比赛。

这次比赛冠名"迎接'97香港回归飞图杯"全国青年歌手大赛。辽宁赛区在日港大厦举办，冠名"日港杯"，海泉报名最早，他排名001号。他参赛的歌曲是自己创作的一首迎接香港回归的《归期》，后来这首歌的歌词，当做诗发表在《人民日报》上。海泉为这首歌制作了伴奏带，这在当时参赛的歌手里是极少见的：

> 在水的那边有一片土地，
> 跳动着百年未曾更改的气息；
> 在水的这边有一片大地，
> 在用秒针倒计着儿女的归期。
>
> 在桥的那边有一个城市，
> 繁华的街巷高楼林立；

在桥的这边心有十几亿，
在用秒针倒计着你的归期。

香江香水蜿蜒，
画出血脉的痕迹，
天的下面一个家，
我们从未曾分离。

归家的人啊别太着急，
母亲正准备着接风的酒席；
想家的人啊你别太着急，
重聚的日子我们都在牢记。

// 秋去冬来，春天不会迟到

一九九七噢相约的归期，
梦里梦外盼着你；
一九九七噢你的归期，
是一篇令人回味的中国日记。

我和海泉妈妈悄悄来到了"日港杯"青年歌手大赛的比赛现场。我看到台下坐着的评委中，有我熟悉的词作家张名河和前进歌舞团的作曲家马登弟，有沈阳音乐学院作曲系主任范启明，有作曲家王猛，有歌手曾静，还有半岛音像出版社一位负责人和辽宁人民广播电台音乐总监。在这里参赛的歌手总共有52名。这次参赛海泉进入了复赛，总分排名第12位，没有进入前3名。很多喜爱唱歌的选手落选了。我鼓励海泉，"不计一城一地之得失"，在自己喜爱的事业上，要顽强地向前，不计一次两次比赛的胜负，不要怕失败。海泉坚定地说：这是一定的！

这时，海泉接受了一个任务，说陈香梅女士将率华侨团回国，中央电视台晚会上需要一首唱华侨的歌，让海泉来写词作曲。海泉所在的中国音像制品制作评价中心一位副总打电话给我，希望我能帮海泉审定一下歌词。我打电话问海泉，海泉说他昨晚熬夜，刚躺下一会儿，他已经把歌词写完了，在电话里给我念了念。我听后感觉挺好，我告诉他们单位的那位副总，海泉写的歌词很好，我没有什么要改动的。

初来北京的海泉，在顾总的公司做音乐编辑，每月工资

500元，当时连租间住房的钱都不足。他自己没有租房，与一位烧锅炉的河北民工挤睡在紧挨锅炉房的小屋里。那个民工姓武，海泉称他武师傅，有时叫武哥。武哥长得很丑，心地却十分善良。他说挣够了3000元，就回老家，3000元足够他娶媳妇、盖房子了。武哥是个经历过无数辛苦和艰难的人。他的坚强和乐观性格对海泉的影响很大。因为他们俩的住处离锅炉房太近，小屋里时常能闻到一氧化碳的气味。海泉曾担心，不晓得哪个晚上睡觉时就会不知不觉地中了一氧化碳的毒，那可能就再也醒不过来了！

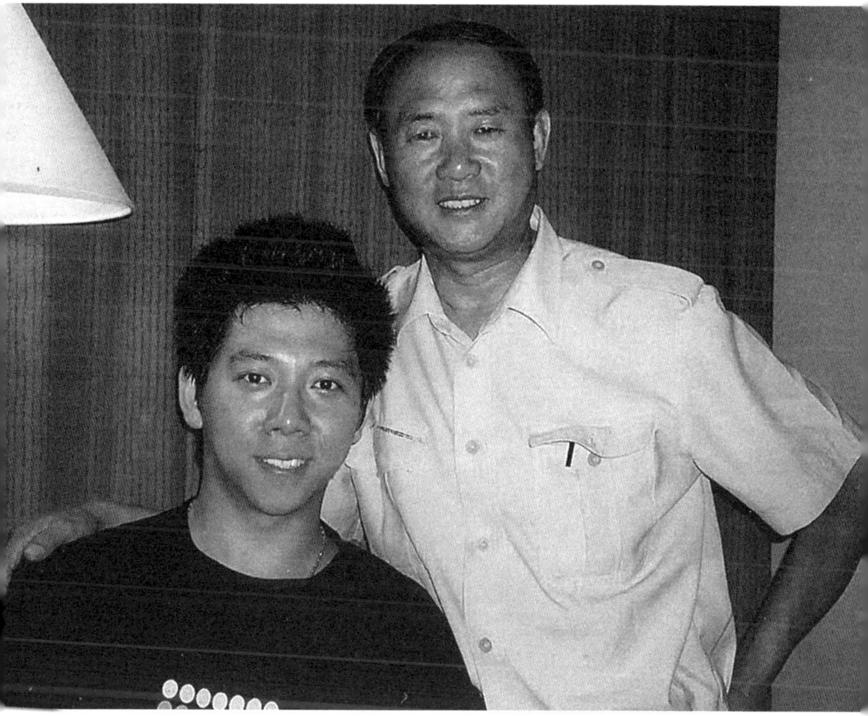

泉·最美
QUAN·ZUIMEI

6. 家人对海泉的惦记、支持与关怀

"儿行千里母担忧",真是这样。海泉离开家不久,还不到一个月,我老伴"母担忧"就开始了,她给海泉写了封长信:

// 娘儿仨

海泉：

你好吧？儿子。

离家20几天的工作生活已基本适应了环境，祝贺你——独自创事业的我勇敢的儿子！你选择的道路，你的工作地点，你的才能，是你好多同学朋友羡慕和钦佩的，都说你前途无量，会干出大成绩的。听到这样的话，我们做父母的心里多宽慰，多高兴，庆幸自己有个好儿子！

你现在的工作虽然不紧张，时间也是很宝贵的，用这时间写曲、写词，学习配器，做迷笛，有吃有住，条件这么好，正是你施展才华的好时机，要抓住它，珍惜它，我想你会这样做的。因为没有伙伴，有时会感到寂寞，我想这对你来说，是个磨炼性情的机会，时间长了，就学会了很好安排自己的时间，做事不急、不火，有条有理，稳重，自己想干什么就干什么，寂寞实际是个好事。

昨天，学校召开了分配工作会，公费的14人都到场，我和你爸一块去了，范蕾去串门，她妈妈去的，剩下的都是学生自己，认识的只有那个胖丫头姓韩吧？腿让小车碰了，走路一拐一拐的，还有一小伙说是你48中的同学，班长陈影还发了108元副食补助。分配的单位一共9个，11个名额，你排号4，也就是第四位选单位的人。你们的排号是：陈影、白秀辉、张跃飞、胡海泉、郭银峰、韩激志、苑慧、金颖、范蕾、张旭涛、吴晓溪。可选单位有和平区一位，电子局一位，一汽金杯公司两位，皇姑一位，沈河一位，大东一位，轻工局一位，铁西区一位，物资局两位。我们给你选了金杯汽车公司。先这样选吧，到时不去，找人说一下，把档案放一年就行啦。这些事你不用管，你爸会圆满完成的，实在不行还有人才库呢。8月8日发证书，你这三年学习就算全部结束。以后有什么新消息再告诉你。

你屋里的蚊子敢咬你？实在是大胆，它是看你妈妈这个捉蚊能手不在是不是？那你就替我打它们，狠狠打，不留情，一打一个扁。说笑话了。你姐去长春考硕士学位去了，要28、29号才能回来。有本科文凭将来是公务员上岗的重要条件，听说在政府机关的都必须有本科文凭，可惜你的本科只学了一半，以后有机会再拣起来学吧。

原来我最担心的就是你不会照顾自己，吃穿都马马虎虎，又黑又瘦，埋埋汰汰的。听你电话里介绍，把自己照顾的还可以，星期天洗衣服，办公室里也别扔的乱七八糟，收拾的有条有理，谁看了都知道你是个利索人，这我们就放心了。有空去解解馋，吃点好的，买点桃、西瓜等水果吃，不要委屈了自己，该花的钱就花。

儿子，有空给家写封信，详细讲讲你的情况，包括你的领导、同事。打电话总是讲不全，写信就行啦。

你爸要去延吉参加二二三医院建院50周年活动，然后就开始写电视剧《高玉宝》，共15集，李宏林写8集，7集你爸写。《高玉宝》电视剧新闻发布会在瓦房店已开完，8月末交稿，9月份开机拍摄。时间也很紧。他是有干不完的活儿，总给自己找活儿干。这一点，你要学他。

就写到这吧，以后再写，祝你身体健康，工作好！

妈字 96，7，23

一个半月后，我们给海泉又写了封信：

海泉：你在那里还好吗？

那天去学校取毕业证书，见到你们李庆燕老师，她很关心你，还有她同屋一位李老师，也打听你。

……

家里这边都挺好，都想念你，盼你在那儿安心干好，干出成绩来，不荒废一寸光阴。

北京的熟人，你可主动多联系，不要太腼腆，锲而不舍，金石可镂。也不要梦想，一个早上天上掉下馅饼，就成了名，不如扎扎实实多下笨功夫，把自己的本事练得纯熟。北京人才多，混子也多，不要当混子，有些混子也成了名，长不了！

……

爸爸妈妈　96，9，11

海泉离开了中国音乐制作评价中心之后，就到了一家香港在北京开办的叫"幻影全音"的音乐公司，公司老总邓秉正，让海泉做编辑兼制作人。第一个业务就是为从体育界向音乐界进军的著名体操王子、奥运会冠军李小双打造唱片。由此，海泉与李小双结下了深厚的友谊。比海泉大两岁的李小双1988年告别体坛，携首张专辑《感触》进军演艺界。海泉为他写的《其实我也在乎》获1999年"中国歌曲总评榜"第四季十大金曲，

// 与爸爸在北京新居

并使该歌曲成为"总评榜"有史以来晋升最快的歌曲。小双一路走来,对音乐如同对体育,一样付出,一样渴望收获!李小双应央视体育频道"五环夜话"之邀做客时都把海泉请到现场。海泉与小双切磋演唱方面的事情。海泉为他写4首歌曲,一个唱片需要10来首歌曲,海泉除自己写作之外,还约了京城几位当时最有名的年轻词曲作者来写,其中就有甲丁和陈羽凡。那是1997年6月的一个中午,海泉拨通了羽凡的电话。

他们约定一个时间在105路公交车北京菜市口车站见面。没想到他们俩等了足足20分钟,竟谁也没看见谁。原来没有约定在哪个方向的车站见。还是海泉眼尖,看到对面同样的105菜市口车站有一个长发青年,他认定这位就是能写歌的陈羽凡。他们都没有迟到,却迟到地见了面。

他们见面没有深谈。羽凡交上了两首给小双写的歌曲：《缘尽情未了》和《让我伴你走一生》，海泉看了一下，评价是三个字："还不错。"这时，羽凡并不知道海泉也可以作词、作曲，以为他只是来买歌的制作人呢。

一年后，1998年的夏天，这次是羽凡拨通了海泉的电话。当时陈羽凡想找一个搭档组成男声组合演唱团，他想到

// 我的世界从此以后多了一个你

了海泉。他那时只知道海泉是音乐公司的制作人，他认为海泉一定认识很多好的男歌手，让海泉帮助介绍介绍，会比自己懵门儿去寻觅少走很多弯路。海泉把羽凡领到自己位于公主坟临时居住的朋友钟惠玲的房子里，说你稍等几分钟，我有个活儿快做完了，活儿做完我们再聊。就是这最关键的几分钟，最啃劲儿的几分钟，决定了两个人合作的命运。羽凡看着海泉那几件做音乐的设备，看着海泉的背影，而海泉这时正在做《爱浪漫的》(当时的歌名叫《我们都是爱浪漫的人》)的述笛。羽凡看海泉熟练地操作着，而且这歌是那么好听，瞅一眼歌谱，词、曲都是胡海泉。还找什么人啊，就是他了！羽凡这样想着，待海泉放下手上的工作，羽凡就直接地说出了自己的想法：

"咱俩合作吧，咱们成立一个组合吧！"

尽管海泉没有任何思想准备，而且他对自己唱歌也不是很自信，但还是答应了羽凡：

"行，咱们试试吧！"

两个人都有在酒吧唱歌的经历。这时，海泉正在长安街边民族文化宫对过的"五月花"酒吧唱歌，他就把羽凡也介绍进来了。两个人共同切磋各自创作的歌曲，并在一起演唱。我曾在公出北京的时候，晚上到这个酒吧察看了一回。那是一个有着70多个座位的不算小的酒吧。海泉抱着合声器，羽凡抱着吉他，两个人第一阶段的40分钟演唱当时最流行的歌曲，中间休息20分钟。这20分钟就有人上来卡拉OK了。第二阶段的40分钟，唱英文歌曲。接着又是休息20分钟。接下来是第三阶段的40分钟，就唱羽凡和海泉自己写的歌，他们在此试验、磨合、演练，考察俩人的默契程度如何，受欢迎程度如何。我看到一些年轻人就是奔听他们唱自己的歌才到这个酒吧来的。那些手托着果盘或饮料杯子的服务生，欢快地在一个个小桌间穿行，嘴里在附和着哼

// 相约在寂寞的人海

唱羽凡和海泉的歌。他俩的演唱，一般情况是从晚9时到午夜零时。这一晚上，要演唱20到30首歌。唱一个晚上每个人给250元酬劳费。一周演唱四个晚上。

这天夜里，我随海泉来到他刚租住的大筒子楼，这是位于长椿街的一个一层的房子。折腾半宿了，我俩都饿了，海泉用电饭煲做了大米饭，炒了鸡蛋西红柿，我们俩吃得很香。这一夜我没有合眼。一是我们爷俩聊得太晚，直聊到凌晨；二是我们睡的板床太硬了，就是一块木头床板，不要说席梦思，就连块草垫子也没有。床板上是一条薄薄的褥子，怎么翻身都硌得慌。第二天海泉还没醒，我就出门打听附近的家具商店，在很远的一个地方找到了，我买了个全店最便宜的打了折的垫子，花了300元。用10元雇了一个"倒骑驴"往海泉的房子里拉，可是我在那个地方转来转去，怎么也认不出哪座楼是海泉住的楼啦！楼的模样都差不很多，建筑风格过于雷同。车主一再说真倒霉，遇到一个找不到家的主儿，转来转去的！他让我加了5元的"找家费"。这时，海泉早上起来，见我人没了，就出门找，就这样碰到了他，才找到了家。

海泉在北京曾租过几个地方的房子，有的住一层，大夏天用铁皮把窗子钉得严严的，防止蚊虫进来叮咬。因为捂得严严实实的，被子、褥子、枕头天天都是湿乎乎的，一股霉味儿。我见海泉住的地方什么设备也没有，就去商店给他买床头灯、衣服挂钩儿、洗脸池前面用的镜子……

还有一次，我也是去北京开会。回返时，海泉送我到火车站。因为打出了提前量,海泉和我坐在马路牙子上聊了两个多钟头。那时他还没和羽凡组合。我对海泉说:你若从事流行音乐这一行,如果到25岁还没出来,就很难有机会出来了。要是到了25岁还这样,就回沈阳吧!海泉若有所悟,沉思自省地重复着:"25岁……"

没等到25岁,在海泉23岁时,1998年11月17日,他和羽凡幸运地与滚石唱片公司签了约。巧的是,这一天恰好是羽凡的生日。那天签完约,他们和制作监制袁涛及威威、肉肉等几位公司同事一起来到了他们驻唱过的"五月花"酒吧。过了夜12时,惯常来此的客人都散了,他们拿出准备好的蛋糕来庆祝两个人与滚石的签约。媒体曾报道,某歌手在签约那一天激动地流出了眼泪。

// 一起寻找梦中的未来

海泉和羽凡都没有流泪，反而觉得心情平静。从答应与他们签约，到正式签约长达半年时间。对于他们，签约就好像是签署了一份工作合同，羽泉的工作更加系统了，公司会分担他们的许多事情，特别是一些繁琐的很占用时间的事情，他们自己可以有更多的时间思考创作和表演方面的事情，不必为明天做什么、如何安排而操心。签约后，他们把更多的精力放在第一张专辑的准备和打磨上。当时他们已经有《最美》、《爱浪漫的》、《感觉不到你》等主要的几首，正在全力写新歌。初签约时，他们依然在酒吧里唱歌，因为第一张专辑还没有发行，而且他们很留恋和喜欢在酒吧唱歌的感觉。他们以前写出的新歌，都是拿到酒吧来验证，酒吧成了羽泉音乐的第一实验场。在酒吧里，如果你的歌不好，大家就不会去"礼貌"地听它，而且该干吗就干吗，继续聊天和喧哗。酒吧里的掌声都是自觉自愿的，这是对歌曲优劣最好的评判。羽凡和海泉在签约后，继续在酒吧演唱了半年左右的时间，直到他们的第一张专辑《最美》问世。这张专辑由滚石（中国）唱片隆重推出，邀得了吉他手李延亮、键盘手郭亮、贝司手浩昆、鼓手刘效松担任演奏，郭亮负责了《最美》和《感觉不到你》的制作，张亚东负责了《回头想想》和《海》的制作，其余的歌则是由羽泉自己担纲制作。在专辑问世前夕，关于这个组合的名称却一直确定不下来。公司内外的朋友帮助起了很多个，都没有取得一致的同意。不知谁从他们俩的名字里分别拿出一个字，说：干脆叫羽泉吧！虽然不是很叫好的名字，但对于这

// 羽泉首张专辑宣传照之一

两个年轻人还是贴切的,也简捷,念起来不难听,写起来不难写。就这么着吧,所有文案都等着名称确定后实施呢!精心的企划宣传者,在羽和泉两个字中间加上一个圆点。于是,"羽·泉"的《最美》就出笼了。

《最美》的大海报上,是两个青涩的小伙儿,身穿黑色衣服,愣愣地站在蓝蓝的海边。海报上的宣传词写着:"最美迎接新世纪最亮情歌,周华健倾力标题励志曲转弯,感觉不到你,澎湃激情溶化所有疑问。羽·泉,最美的组合,最美的歌唱。华语流行惊喜新登场,内地乐坛最美新风景。"这张唱片是由滚石国际音乐股份有限公司和中新音像出版社联合制作,中新音像出版社出版。

而台湾的公司总部在台湾地区出版这张专辑的时候,不怎么接受"羽·泉"这个名称,他们重新给这个新问世的组合起了个"野孩子"的名字,还把专辑《最美》改为《感觉不到你》。在台湾一本流行刊物上,曾以《野孩子超强唱作全才二人组》隆重推介他们,说他们:"专辑中10首歌的词、曲皆由他们一手包办之余，俩人还负责了4首歌的编曲及制作；在声音的表现部分，陈羽凡拥有低音的浑厚与高音的力度，胡海泉则拥有清亮、干净的嗓音，两人充分运用彼此声音的特色相互辉映，歌声中兼具了优客李林的柔情、动力火车的豪气和无印良品的纯净，可说是集前述三组团体之优点于一身，并发挥得更为淋漓尽致，堪称为目前乐坛中最难能可贵的全方位创作团体，也是继优客李林、无印良品及动力火车之后，再次脱颖而出的男子双人组合团体。"最初，在大陆见到台湾出的这张专辑时，从演唱者的名字到专辑的标题全与内地出版的不一样，人们还以为是盗版的呢！到底叫"羽·泉"还是叫"野孩子"？还在公司内外酝酿和待定，这时候，进入市场的《最美》已经火爆了。公司原来说，这第一张唱片能卖10万张就不赔，再卖多一点，就可以赚。《最美》迅速卖到80万、90万，最后超过了100万张。到了这个时候，"羽·泉"这个名字和《最美》已经是不可分割的了，想改都是难上加难了！羽·泉，被媒体称为滚石公司"本世纪最后发现"。乐评人枓尔沁夫在《音乐生活报》上发表文章说："其实羽·泉最让我欣赏的是他们的旋律方式，一种与旧有的原创创作有着本质差别的旋律方式，一种真正年轻、真正属于流行音乐而非通俗歌曲的旋律方式、旋律概念或说思维方式。这样歌曲的出现，让我们已经可以清晰地感觉到歌坛创作力量改朝换代的临近。"

呼和浩特，是海泉记忆深刻永难忘怀的一个城市，因为羽·泉首次亮相就在这里。那是1999年7月的事情，海泉经常提到这最难忘的一幕。在日记里记录了他们首次在大型的公众场合正式表演受到热烈欢迎的情形和自己的感受：

> 在呼和浩特的亮相比较成功，当歌迷簇拥着来让签名、拍照，当媒体的摄像机和麦克风摆在面前，才开始真正意识到，台前艺人不仅仅是做音乐那么单纯，那么只关问自己表达自我就可以的，需要表演和善，表演尊重，表演清高，藏起自我——这个我会擅长，却不喜欢。
>
> 在呼市巧遇小双，同台表演，很开心，他送了一顶小双牌的运动帽给我。
>
> 与田震、老满（文军）、小金（海心）、朴树、零点、黄格选、毛宁、韩磊等同台表演，没有一丝怯意，涛贝儿现场稍有走音，却无大碍，首次亮相，博得众人喝彩……

在"健牌"中国原创歌曲总评榜'99第三季季选"十大金曲"揭晓时，人们发现，一对新人羽·泉的《最美》以总分第一名居于榜首，而列为第四位的，恰是海泉为李小双写词的那首《其实我也在乎》。那时候，满大街都是《最美》里的歌。那一年，我和老伴旅游去了云南的丽江，在丽江的大小音像社里都在火热地销售羽·泉的《最美》，极个别的是正版，大多数是盗版。许多店铺门口的喇叭里播放的就是《最美》里的歌。我们回

// 我沉睡的心因
你苏醒

到北京,在北京站正对面的树荫里坐着歇息,北京站对面那个大超市的广播里放送的也是羽泉的歌。从云南边疆小镇到首都,羽泉的歌都受到了极其热烈的欢迎。那个时候,我见到羽泉的歌盘就买,不经意地收集羽泉的专辑。家门口就有小音像社,还有沈阳的很多大市场里也有数家音像店,走到哪儿见到有新的未曾见到过的,我就买一盘留存下来。我开始买了几盘,给海泉看。海泉说,爸呀,你买的全是盗版啊!我这才知道什么是正版,什么是盗版。开头前三年,我先后买到的羽·泉的盗版带有385种。一次,羽·泉来沈阳演出，他们公司的头儿袁涛和羽凡等人到家做客，我给他们摆了一床一地，密密麻麻，一盘挨一盘，让人看得眼花缭乱。大量的盗版肯定会影响他们正版的发行。就是这样，他们的音乐经国际唱片业协会 IFPI 检验认证，羽·泉组合仍然是中国内地原创音乐发行量最大的歌手，国际唱片业协会还为此给他们颁发了认证证书。

《最美》正版销量过百万，如果保守地估计，每一种盗版销量为 5 万，仅以我收集到的 385 种盗版带，就是近 2000 万盘啊！有一次，公司请了律师要与盗版生产厂家打官司，我收集的这些东西终于派上了用场，成了最有力的证据。我到

// 家中收集到的羽泉部分盗版带

车站把这些盗版专辑发给他们公司，竟有满满的两大纸箱啊！

2000年8月，海泉25岁的生日就要到了，我和老伴琢磨给他赠送什么样的生日礼物才更有意义呢。我们上街选购了两张贺卡。

海泉是属兔的，我的这张贺卡封面是一只大兔子和14只小兔子组成的图案。我精心地在"兔"字前贴上一张他念书时在家弹钢琴的照片复印件，然后写上："不要重犯与乌龟赛跑的错误……"

海泉妈妈选了一张带一把小提琴图案的生日贺卡，上端贴着海泉不到两岁时的照片复印件，还有一张复印的"出生证明书"，证明书上姓名"王惠娟之子"，性别"男"，出生体重"6.8斤"，出生日期"1975年8月13日20时45分"，出生地址"沈阳机车车辆工厂医院"，助产士"孙月华"。

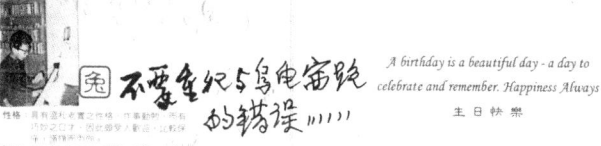

// 爸爸的贺卡·2000年

小小出生证明书上还盖了"皇粮塔湾（18）粮油专用"章，就是说可以给这个新诞生的生命供应粮油了，因为那时候粮油都是计划供应啊。他妈妈写了几句祝福的话："海泉：祝你的每一天都像鲜花一样芳馨，都像加糖的咖啡一样香甜浓烈！祝你健康快乐，顺利成功！"

关键的蕴意全在这一张"出生证明书"上了。我们当时这样做，真的是有寓意的。我们想聪明的儿子一定能感悟出爸爸妈妈的用心：当年你还没有起名字，是无名的，只是"王惠娟之子"，现在有了名、出了名，要常想这个过程，常想名声来之不易。要想想，你的生命力是什么？你追寻的是什么？要特别珍惜自己的名字、名声……这一情节，被后来许多媒体不断地传播、演义；海

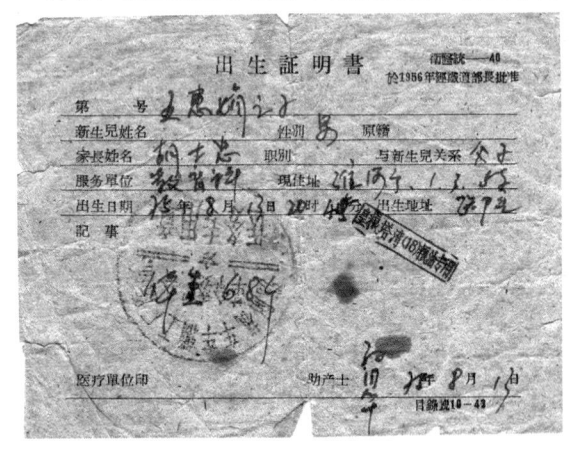

// 海泉的出生证

泉在被采访时也多次说起。他说:"父母对我总是用心良苦,他们的提醒总是婉转的、含蓄的,他们很会教育孩子。这两张贺卡,是我的一笔财富。"海泉是聪明的,他理解了我们的用心。我还记得我当兵离开家到了部队,在连队坚持写诗,出版第一部诗集的时候,我的那位在共和国扫盲运动中识了一些字的老母亲,亲自到新华书店去买了这本儿子的诗集《北国兵歌》;我在家乡的报纸上发表的诗作,我的老父亲用剪刀剪下来,在报纸的边沿写上年月日,替我保存着。可怜天下父母心啊!我们和天下所有的父母的心是一样一样的,都希望自己的儿女能有出息的一天,都毫无保留地支持儿女选定的事业,都盼望他们能早日成才。　　// 音乐总在远方

在海泉那个生日，我们还给他寄去了另外的礼物，就是两本书，是《阿炳传》和《乐圣贝多芬》。最近我在海泉的书柜里还看到了它们，书角磨损得很厉害，证明海泉是常看的。《乐圣贝多芬》的扉页上有我写的字："贝多芬从小喜爱文学，首先是诗歌。12岁写出第一篇作品，26岁走上巡演的舞台……'乐圣'的人生与艺术经历是那么令人艳羡！这是文笔颇美的一本人物传记，我们选来作为你25岁生日的纪念品。"一个人应该有自己的人生榜样和奋斗的目标，我们希望在他前面，永远有这位世界级乐圣的引领。

海泉成名后，曾在《人民日报》的副刊头题上发表过一篇题为《在贝多芬出生的阁楼里冥想》

的散文。他写道：

> 太多物品被陈列在各个房间内，只有一间小屋空荡荡的，只竖立着一尊小小的贝多芬铜像，这间不足七八平米的狭小阁楼正是他呱呱落地、降临尘世的地方。此时已近闭馆时间，楼内游客寥寥无几，被斜斜的屋顶积压下的小小阁楼里只剩我一人静静地伫立，呼吸着没有波动的空气。仅有的两扇窗给这个刚刚出生的婴儿送来了在这个世界上见到的第一缕阳光，于是他的啼哭声也经过这两扇窗子传向了全世界，告诉世界，他奉献给它的将会是怎样的华彩乐章！
>
> 不知道他离开人世的一刻是否想到过这间他出生的小屋，渲染在他记忆之中的太多恢弘的音乐厅，颠簸的车厢，华丽的宫廷，浪漫的长廊，凄楚的病房……这些场景与空间记录下他少年得志时的轻狂；离乡求学时的期望；誉满欧洲时的锋芒；抗争病魔时的悲怆。太多场景最后背叛了他，甚至曾将他淡忘，只有这间老旧的阁楼没有。
>
> 它享受过千里之外传回的也应属于它的那份荣耀；它享受的时候，也许这个天才、这个赤子却毫不关心也毫不知晓。没关系，它继续含蓄地自得它的质朴的欢乐，为了它孕育的那个孩子默默的骄傲；

直到天才陨落，苍然离世，老屋依然用无声给世界、给这个孩子不曾停止的喝彩。它让怀念他的人们有了怀念的角落，让景仰他的人们有了景仰的寄托。

而它，还是它，一座看得见风景的狭小阁楼……

这，就叫做——故乡。

这篇文章最早发表在海泉的博客上。海泉能写出这样有思想、有文采的文字，一定是与他读了爸爸妈妈寄给他的《乐圣贝多芬》这本书有关。

最早到我们家来采访的记者王爽和祝乔，在她们撰写后由很多报刊转发的报道里，第一段话

// 打开心窗眺望一片海

就是:"以前,人们介绍胡海泉时会说:'这是著名军旅诗人胡世宗的儿子。'可是今天,人们介绍胡世宗时会说:'这是羽·泉里那个胡海泉的父亲。'介绍方式的颠倒,并没有刺伤同样是名人的父亲。因为在胡世宗的心中,儿子是他今生'最美的作品'。"

曾有很多同事和朋友都向我打探,你儿子的歌词是你给写的吧?他写的歌词你给改过吧?能否把我们写的歌词给你儿子看看,能否请他给谱曲并演唱?当听到这些问话的时候,我只能苦笑。因为海泉确是不希望我介入他和他们的创作。

一次我和他妈妈去北京看他,他租的房子里

// 父与子

没有床，只有一个1.5米宽的大床垫子直接铺在地上。我们腿脚搭在垫子外面，只有头和上半身在床垫子上，三个人在这个大垫子上横卧了一夜，可是我们感觉到的仍然是幸福和快乐。海泉正在忙着第二张专辑《冷酷到底》的准备。我对他说，别的忙我帮不上，把你要出版的新专辑的歌词部分拿给我看看。帮他看看歌词我应该是有资格的呀。海泉笑笑婉言谢绝了，他说："爸，你帮不了我什么忙，我也不会写你们那样的歌词。"儿子说这话时，眼睛里满含着诚实和真挚，没有一点傲慢和张狂。儿子的谢绝让我很觉难堪和不适，因为我也是个以文字为生的人，我写了大半辈子诗，其中也有极少量的歌词，我作词的一首歌《我把太阳迎进祖国》，还获得了中央电视台歌曲大赛的银奖和全国"五个一"工程奖呢。我作词的歌曲，蒋大为、阎维文、宋祖英、郁钧剑等许多歌手都唱过，我怎么就不能给你看看歌词、给你提提意见呢？海泉并没有说明不让我看的原因，但他对媒体说起这件事时有过这样的解释："两代人经历的时代不同，思考方式和用笔方式会不一样。我会更多地倾听同龄人的意见。羽泉的作品更多的听众是年轻人，年轻人的创作方式更容易被年轻人接受。这是一种自然而然的状态。我爸爸认同我，我非常开心。对某一句歌词的探讨，我可能更重视年轻听众的反映。"

那年羽泉在上海举办演唱会，我在上海的一家大书店里买到了一本定价50元的上海市委宣传部编、上海音乐出版社出版的《放歌新世纪·中华百年歌典》的大书，里面有我作词、陈枫作曲的《我把太阳迎进祖国》,为第六乐章"军歌嘹亮"的第一首作品。我细翻之后,惊喜地发现,海泉创作的《最美》,就在第七乐章"青春远行"里。

这些年来,凡是有羽泉的演唱会,无论在北京、在上海、在天津,还是在宁波、在抚顺、在朝阳等地,我们和羽凡的爸爸妈妈都会前往助阵。

我想起比较早的一次看他们在大型场合表演。

那是 2000 年 5 月 27 日,国家文化部、广电部、国家旅游总局、北京市人民政府四家在北京工人体育场举办有 6 万观众光临的大型演出。我和海泉妈妈恰好在北京。我们在北京地铁通道里

// 海泉和羽凡的四位长辈

见到了大幅广告，有海泉和羽凡的大照片，参演的有齐秦、庾澄庆、赵传、苏芮、动力火车，内地歌手只有羽泉和零点乐队。表演前两天，我们看海泉在家里一个人静静地观摩美国和瑞典两场大型流行音乐现场演出的实况光盘，一个是男女双人组合，一个是摇滚乐队。海泉静静感受着其中的气氛和歌手的现场表演。我们知道儿子在用功，没有更多地打扰他。

演出前夜，海泉是凌晨两点半才排练完回来的，我们三个坐在床上聊。海泉说，这次演出的保障警力就是3000人。安排的调音师不太熟悉羽泉音乐，怎么听也不得劲儿，羽泉公司决定自

// 妈妈最亲

付5000元另请一个他们熟悉的调音师。羽泉要在晚会上演唱四首歌，可是，主办方把四首歌的顺序弄反了，但不允许调整过来。这夜，我们与海泉谈他的未来，我说："我们走到边疆才知你们影响之广大，走到北京才知你们在流行乐坛所处的地位。你们现在已经很辉煌，但这只是你在艺术行程中无数个驿站中的一个，千万不能疏忽，一点也不能骄傲，要像我们给你生日礼物中那两本人物传记里写的阿炳和贝多芬那样，为人类创作出更多好听的音乐，也让自己的事业取得更好的成绩。"海泉有所悟，我补充说："你具备这个潜质，只要你不懈努力。"

正式演出的那天晚上，我们早早打的到工体附近，距离这个"相约北京·5，27演唱会"还有一个多小时，人流如织，车根本进不去。我们是场地票第14排，票价是860元一张。还好，看舞台挺清楚的。看人家都拿着很漂亮的节目单，像一本小画报似的，我也去买了两份，一份30元，上面有海泉和羽凡的人照片和他们的音乐历程介绍。

天黑下来的时候，开演了。我们身后有许多人站起来开始呼喊："羽·泉！"、"羽·泉！"、"羽·泉！"，这时往台上看，看见了身穿白衣花裤的羽凡和身穿黑衣黑裤的海泉，被升降机从舞台地面上随着《最美》前奏的响亮、强势的音乐，一点点托举上来。我们前后左右很多人忽地站起，往前冲去，冲过了警戒线，我们俩不自觉地如被挟持着一般跟着人流往前拥去。我们都到了舞台前，距离海泉他们很近很近了。儿子是第一次在这样大型的场合表演啊！我们深刻地感受到海泉和羽凡表演的激情和歌迷们情绪的热烈。《最美》和《回头想想》，他们是拿着麦克向四面走着演唱；而《冷酷到底》和《感觉不到你》则是他们各持一件乐器，海泉是红色的背带式键盘，羽凡是一把吉他，在原地演唱。人们沸腾了，欢呼着，有节奏的掌声里不时夹杂着尖叫声……他们成功地演唱完四首歌后，有大半的观众像潮水似的流回到了原来的座位上，我们也随着人潮回到了自己的座位。我看工体上空浮云很白，天很蓝，透出一颗象征着好命运的晶亮的星，高高地照着。拥到前面离海泉和羽凡最近的时候，我用相机拍照了很多个镜头。等回来一冲洗，全是模模糊糊的重影照，根本看不出羽泉表演的神态来！

羽泉之后是名气很大的动力火车、热力四射的庾澄庆、唱《酒干倘卖无》和《跟着感觉走》的苏芮、唱"小小鸟"的赵传和人们异常期待的齐秦，他的《大约在冬季》、《外面的世界》人们太熟悉了，全场都跟着他唱。演出结束时，海泉和庾澄庆他们都走上台，一齐和齐秦演唱《明天会更好》：

> ……唱出你的热情，
> 伸出你的双手，
> 让我拥抱你的梦……

这是个难忘的夜晚，是一个激动人心的夜晚。

散场时，我发现所有的工作人员和执勤警察，每个人胸前都佩戴着显眼的证件，证件上有今天参演9个人的头像，另外所有入了场的车子上都有这9人头像的通行证。我太想搞到它留做纪念了，因为上面有儿子的头像啊！但我试着跟几个人说，谁都不肯给我。我说，我从外地来，想要这个留做纪念。人家说，我还留做纪念呢！

第二天凌晨，又是两点半，海泉参加完例行的演唱会后的庆功宴回来了。我们谈到将近天明。海泉说，昨天演出前，接受多家媒体的采访。演出后，国家文化部的领导和中演公司的老总，都夸羽泉现场表演是优秀的，说以后还会有合作的机会。海泉说，这次最为高兴的是他见到了齐秦，还同台表演。齐秦最早也是现在海泉他们所在公司的歌手。齐秦的乐队里有一位能写歌能编曲能制作也能参加演奏的人，也是海泉从小就知晓和敬仰的。齐秦称赞他们俩表演得很棒，希望以后能与他们合作。就在这天的夜晚，羽泉还接到周华健助理的电话，说华健要来内地开演唱会，邀请羽泉做表演嘉宾，给予助威……

// 《中国画报》中的海泉

在我们家，保存着羽·泉出道以来的各种海报，我把这一张张海报装裱到框子里镶上，悬挂到家里墙壁上。从《最美》、《冷酷到底》、《三十》、《没你不行》、《朋友难当》……到海泉在春风文艺出版社出版《羽·泉之泉静静地流——胡海泉诗与写真集》的宣传海报，他们开演唱会的一些海报，他们做封面的《冰雪运动》杂志的大幅海报和北展圣诞演唱会的海报，约有十六七张。海泉回到家一看，家里到处张贴着他们的宣传品，就动员我们把这些海报拿下来，起码少放几张。我们问，怎么了？海泉说，这太像一个歌迷的家了。我们说，是啊，我们就是地道的羽泉歌迷啊。

// 《羽·泉之泉静静地流——胡海泉诗与写真》封面

海泉直摇头。我们说，在北京你的家，你可以不放羽泉的海报，可以一张也不放。可这是我们的家啊，我们想怎样就怎样，是不是呢？海泉就笑了，尽管是一丝无奈的苦笑。我们平时很难见到儿子，屋子里到处是他们的海报，随时随地可以看到儿子的形象，也了却了思念之苦，可以慰藉父母的思子之心，这有什么不对、有什么不好吗？海泉摇着头，无语。

我和老伴收集和整理了有关海泉的许多资料，从他小学六年级时在刊物上发表的作品剪报，到出道前后在北京及各地平面媒体对他们的各种文字和图片报道，剪贴了大约有5个大本子。我们和羽凡爸妈互通有无，在东北这边发表有关羽泉消息的剪报，我们会寄给他们，他们也会把载有羽·泉消息的首都报刊寄给我们。

2007年在海泉32岁生日即将到来的时候，我和老伴想送给儿子一份生日礼物。想来想去，我们决定收集、整理和编辑海泉和羽凡的录像资料，羽凡爸妈曾给我们寄来很多这方面的资料，因为陈永贤大哥有这方面的专长，他会录下电视播出的节目，也会在现场进行拍摄。这是劳动量很大的一个工程，要把很零碎的一些录像资料合成光盘，许多资料合成一个，然后再进行下一个。从1997年海泉为中央电视台播出的一部电视剧做的音乐开始，我们辛苦而快乐地忙碌着，一盘整完，再整下一盘。我们一共编成了111张光盘！每一张光盘封面都是统一带他们俩头像的，都标出有什么内容，播出的年月日。我们在整理过程中，感到这些光盘太重要了。这些录像资料真实地记录了羽凡和海泉两个热爱音乐的男孩子，怎样一步步执着地行走在中国的乐坛上，成为当今有作为的歌手和音乐人的生命旅程和艺术旅程；记录了广大歌迷、众多媒体、公司同仁和亲人们对羽·泉永难忘怀的关爱、呵护、支持和帮助；记录了不同电视媒体及不同的栏目不一样的策划及各自的风范、风格；也记录了不同主持人的文化素养、现场操控能力、即兴灵感及敬业精神。这些录像资料也于无意间记下了这个时代流行音乐发展的脉络及有关音乐的一些社会现象。当然这也是留给中国流行乐坛的一段不能抹去的记忆。在整理和编辑过程中，涌上我心头的，有切实的欣慰、莫名的感动，也有沉甸甸的思考。我们把这份礼物在海泉生日之前，带到北京交到了他的手上，我们也给羽凡复制了备份。海泉非

// 海泉的生日父母给他做了生日礼物光盘

常感动，异常珍视，他把这份厚礼赠给了北京羽泉歌迷会的朋友们。最近，我们又在整理2007年之后的羽泉录像资料，又积累了整整60张光盘。我们把它作为海泉36岁的生日礼物赠给了他。

我还用几个月的时间，把海泉在学生时代写出的诗稿，逐首打印出来，一共有近千首，分为《最早的诗》、《雨中的童话》、《我歌自我》、《带露的苹果》、《孤独的玫瑰》、《我们仰望》、《蓝星》、《天空的夹页》、《初梦》、《香味口袋》、《梦的独白》、《冬日的雾》共12个部分，除《最早的诗》这一辑是我给起的辑名外，其余全是他自己本子上原有的标题。在整理打印时，我没有给他做任何修改，我认不出猜不准的字，就打个黑点儿，也不随便添加什么字。待有时间他自己再看的时候，有什么改动再改吧！

就在我写本部文稿的时候，一位歌迷给我发来了海泉在父亲节给我的一封信，我读了，内心很是感动。我想，亲情的鼓励，永远是一个人不息的动力啊。海泉是这样写的：

爸爸：

爸爸您在我心中是个非常柔和的人，您是个文人，以写作为职业，不论是对亲人朋友还是同事，从来没有发过脾气，跟谁都是柔和地解决问题。我曾经觉得我的个性像妈妈，可是随着年龄增大，我发现我越来越像您，就像小时候我对强烈而严格的时间观念不够理解,现在却完全跟您一样;而且相对来讲,我虽然从事了一个外向型的职业,但是我从心里觉得自己还是比较内向的人,这点还是像您。

尽管您快70岁了,很多人都不知道您是个非常与时俱进的父亲。到现在还每天打字、讲座,非常忙,我们之间虽然不常见面,但是通过电话、短信、电邮甚至微博都会联系。我有时候会跟朋友很炫耀地讲,您经常还会给我发邮件,或者看到什么好的文章跟我分享;或者点评我在某个节目上表现得不好啊,或者看到行业里某些不好的行为警醒我啊,还挺可爱的。

从小到大,您对我的鼓励和支持最多,也做过太多让我感动的事。启蒙的创作教育就是从您那儿开始的,您身边朋友都是文人,家里挂着字画,满墙的书,对我都是耳濡目染。我记得四五岁的时候,您在自行车边上一句一句教我背古诗,可以说,直到现在对我的歌词创作也有帮助。

大学毕业以后我没有找其他的工作而是选择了做音乐,您没有反对,而是专门寄给我一笔好几千块钱的生活费,又介绍我去您朋友的音像出版社工作,同时还可以学学编曲;我学会编曲了之后您又寄给我一笔钱,让我买了简单的编曲设备。您对我在北京的生活状态不了解,于是过来看我。我当时租了一个小房子，那个房子就一块床板和一个薄褥子，您住了一个晚上，第二天趁我工作就自己跑到家具城买了一个床垫拉回来了。

印象最深刻的，我当时在酒吧演出，您在北京时也顺便去我那里看我谋生或者表演，当时的状态其实是很不靠谱的，谁也不知道明天在哪里，您可能也觉得这样，但是并没说什么，只是第二天我送您去火车站，您说："要是到了25岁啊还这样，就想想别的办法吧！"在您支持和鼓励的背后也让我感受了后盾。那时候我23岁，第二年我就出了唱片。

现在我的生活和事业好了一些，我不能说完全靠自己在北京打拼，没有父亲您的帮助就没有今天的我。

您的儿子 海泉

记得在北京2010年圣诞夜羽泉演唱会上，海泉和羽凡与观众互动，问了许多问题，台下观众大声地回答。接着海泉向全场问："看着羽泉长大的有没有？"观众都笑了，因为他们的歌迷不可能说是看着他们长大的。其实这不是一个令人发笑的问题，海泉的提问是有所指的。海泉说："今晚我们俩的爸爸妈妈都来了，他们是看着我们长大的！"他说："我爸挺低调。有一次演唱会，我说我爸妈都来了。大家回头看，我爸也回头。"他接着说："这次请两位爸爸妈妈鼓鼓掌，感谢一下广大歌迷对我们的支持吧！"海泉太鬼了，太机灵了，他在舞台上，看不清下边，我们坐在哪儿他不清楚。他这样一说，我们在下面就不能不鼓掌了，况且他说的是让我们感谢广大歌迷。我们若不鼓掌就不礼貌了，鼓了掌就暴露了。羽凡说："我们的爸爸都是军人，他们要求我们好好做人，让我们健康成长，对爱我们的人要付出更多的爱。他们不是李刚那样的爸爸妈妈。"

羽凡和海泉说：家是什么？家就是爸爸妈妈。我们长多大，在他们面前也是孩子。他们又说，没有家的漂泊就是流浪，有家的漂泊就是出发。

// 和妈妈的亲密照

啊，我太喜欢、太赞赏由他们转述的别人曾说过的这两句有深度、有哲理的话了。

2011年4月，在羽泉第三次做客凤凰卫视"鲁豫有约"的时候，这个"怀着感恩又出发"的节目编导程潇潇希望我给海泉写一首诗或一封信，我觉得写诗已无法表达我的思念和希望，就写了一封信，同时还给海泉也是给羽凡写了一个条幅，作为企盼和祝愿：

艺海无边
感恩无限
不断充电
永在起点

关于16个字的四句话，我在我的博客里曾做过解释。第一句话："艺海无边"。从来就有"学海无边"的话。艺海无边，是说海泉和羽凡的演艺事业，从艺者，真的没有彼岸的。早午的民歌有："山外青山楼外楼，英雄好汉争上游，争得上游莫骄傲，还有英雄在前头！"就是这个意思。第二句话："感恩无限"。一个人成长和从事某项事业，最重要的是要学会感恩。有一颗感恩的心，知道对他人感恩，非常非常的重要。羽泉出道以来，得到亲友、歌迷、社会、媒体……各方面的支持、帮助和鼓励。需要感谢的人特别多，要一一铭记在心，这是一个没有限额的感情储备，需要不断努力去报答。第三句话：

"不断充电"。是说在前进道路上,必须清醒消耗和补入的关系,必须清醒支出和进账的关系。一台多好的宝马车,靠一箱汽油也跑不很远,必须及时加油,轮胎还要打气。我们的手机,总是在用,电池不充电就会变成一块废铁。我提醒海泉要在百忙之中,在应付各种必须应付的事务中,要注意学习和武装。

第四句话:"永在起点"。这也是羽泉在自己歌里唱的,在《哪一站》中,他们唱道:"终点也许又是起点。"时刻有这样清醒的认识,就像这次做客"鲁豫有约"时羽凡说的,他们离开原有的签约公司,成立了自己的新公司,海泉对羽凡说,兄台,以前我们如果是工作的话,这次是我们创业的开始。他们在合作10年之后,在有了巨大名声和影响之后,仍有一种重新创业的冲动和激情,这非常可贵。他们把10多年获得的那么多奖杯和奖牌全部留给了原来的公司,他们"净身出户",一个奖杯和奖牌也没拿走,他们让自己已经取得的成绩和荣誉归到零位,有重新出发的决心,我觉得,这是一个人、一个组合、一个团队不断向前发展的最好的状态。

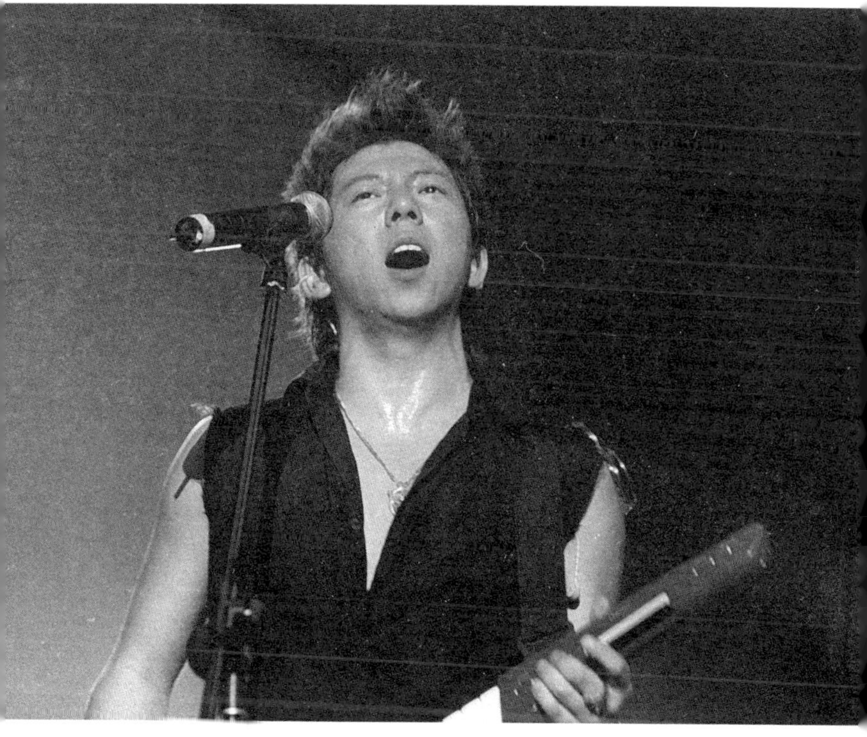

7. 与羽·泉一块成长和成熟的庞大歌迷群体

海泉和羽凡哥儿俩是幸运的，他们拥有以"羽·泉地带"为主要群体的歌迷阵营。现在除了有"羽·泉地带"全国歌迷会，还有北京、上海、

// 默契的目光

山东、天津、河北、辽宁、吉林、黑龙江、山西、浙江、河南、江苏、安徽、湖北、广东、湖南、广西、福建、江西、四川、重庆、云南、贵州、陕西、宁夏、新疆、西藏、甘肃、青海、海南、内蒙古、港澳台及海外的日本、韩国等许多个羽泉歌迷分会。

记得羽泉做客央视朱军主持的"艺术人生"时，羽凡曾对现场的歌迷说，希望每一个同学在属于自己的每一个阶段做好这个阶段应该做的事情。学生就要把学习搞好，为将来打好文化基础。如果羽泉的歌迷考上北大清华，我们会感到很欣慰；如果在大街上流浪没有职业的人说是羽泉的歌迷，那是我们最不愿意看到的。当场就有一位

// 羽泉与歌迷1

叫郑爽的高中学生，表示一定听羽泉大哥哥的话，要考上一所好的大学。

羽泉以自己温暖阳光健康向上的形象，赢得了广大歌迷的信赖和支持。

他们哥儿俩真的是很有人缘，影响面很广。那年央视春节晚会，在深圳分会场现场直播，他们与王力宏合唱一首歌。当晚就是除夕，无法连夜返回北京，回沈阳家，表演完了就由当地的朋友拉着到离市区较远的地方去放鞭炮。过大年嘛，快乐快乐。正当他们欢天喜地地放着鞭炮，就来了警察。因为深圳有规定，市内不允许燃放烟花爆竹，他们违反了规定，被带到派出所里去审查，写检讨，罚款。他们俩，加上公司一起来深

// 羽泉与歌迷2

圳的几个哥儿们在春晚得到的劳务费被罚得所剩无几。同时被带到派出所去的，还有一些各地来的也是因为违反规定放鞭炮的学生和年轻人，他们也是被带来写检讨和罚款的。这群年轻人一下子认出了羽泉，甚是喜出望外:啊，怎么这么巧，刚才还在电视上看他们，此刻竟在这儿遇上了！他们在派出所写完了检讨，罚完了款，出了派出所的大门，立刻把羽泉围起来，请他俩签名，与他俩合影，竟忘记了刚才写检讨和被罚款的事……

2000年3月上旬，上海音乐公司的同事给羽泉打来电话，说有一位喜爱他们音乐的名叫"一庆"的小女孩生命垂危，她在医院里唯一盼望的，就是能与羽泉通上电话。羽凡和海泉立即答应了这个要求，他们分别与这个叫"一庆"的女孩说了很多话，电话那端的女孩显得很快乐。可是不久，只有半个月的时光，这个喜欢羽泉的女孩就离开了人世！海泉回忆起来说，她的声音里充满了年轻的憧憬，她的语气中饱含着美好的向往。海泉含着眼泪写了一首专门献给这个女孩的歌《忘·记》，此歌分为两小节，一个是《忘》，一个是《记》:

忘

还好在梦里还能陪你聊

寻找一种温暖我可以依靠

太虚幻的美妙

一瞬间就化掉

太虔诚的祈祷看似缥缈
你要经过一条河才明了
微笑在哪个片刻最重要
太残忍的伤害被时间冲淡了
太沉重的泥沼忘了就好
生命只澎湃一次的波涛
爱情不知放手在哪一秒
白天或是黑夜繁华或者单调
你留下什么
让我思考又让我寻找

记

梦醒了以后就失眠
丢失了以后才留恋
你化作秋雨淋湿我的眼
淋湿我生命的诺言
用悄无声息的诺言
面对最澎湃的考验
你化作春风的无畏的容颜
就是它的鉴证
阳光太遥远却太耀眼
时光太短暂明天转眼不见
思念太遥远

又太可怜

回忆她若即若离若隐若现

铭记这心愿就不会疲倦

逝去的昨天

怀念就在眼前

思念太遥远

想念太可怜

回忆她若即若离若隐若现

生命它是褒是贬是苦是甜

海泉说，将这首歌唱给天堂里的一庆，也想用这首歌跟所有人分享。一庆离开这个世界之前，曾拥有多少闪亮的梦想和对于生命无限的希望啊！羽凡在演唱这首歌的时候声音嘶哑，泣不成声。他们在上海演唱会上专为曾身居上海的一庆演唱了这首歌，并把它收入到自己的新专辑中。海泉写道："唱《忘·记》这首歌，这是我和羽凡送给我们已经去世的一位歌迷的。我们选择在她的故乡上海第一次也是最后一次公开演唱这首歌。我永远记得唱这首歌时，在舞台上缓缓升起的秋千……"

我曾对海泉说过，你看，我们党和国家的领导人，对一个普通清洁工人的关爱，就会温暖整个清洁工人的群体。你们对一位普通歌迷的关爱，也会温暖所有的歌迷。

2005年7月31日，原定在北京西单附近一家KTV举行

// 羽泉与歌迷3

// 羽泉与歌迷4

// 羽泉与歌迷5

// 羽泉与歌迷6

羽泉新专辑《三十》签售会，歌迷们排着长长的队伍，从楼里的8层，排到1层，又从楼里排出来到大街上，我和老伴也早早地赶到了现场。我看到羽凡的爸爸永贤大哥背着他的宝贝武器摄像机正在忙乎着。我数了一下，并列着10列的队伍，排出好远。有的是早上5点钟就到了，有的是坐了20个小时的火车赶来的。楼里楼外约有两千多人。歌迷队列边上停放着两辆面包警车。

已经过了预定的签售时间，才知道今天的活动取消了！大厦一层的玻璃门上贴出告示："羽·泉签售会因故取消"。歌迷们顿时不答应了，有的吵嚷着，有的则痛哭。取消的原因是组织这个签售活动的主办方没有报批，这样大的一个活动，在西单这个首都的要害地区，又赶上北京有六方会谈的国际活动，未经批准就举办如此人数众多的活动肯定是不行的。主办方没有想到羽泉的歌迷会来得这么多。他们以为在楼里就解决了，还用得着报批吗？他们想不到会把签售的队伍拉到大街上，一拉拉出这么多，拥堵了好几条街道。海泉和羽凡早就到了，他们被通知在长安街边的车上停留等待。

歌迷们仍不肯就此离散，他们仍在严整的队伍中等待，队伍的秩序没有一点混乱。只是有的歌迷狂喊着："见羽泉！""见羽泉！"在呼喊声中，歌迷们开始向前拥去。公安人员和保安一块块地分割歌迷，动员，劝说，总算把大部分歌迷驱散了。

我和老伴见一个女孩哭得特别痛心，她与另一个女孩进入了大厦左侧地下一层的快餐店。我们也跟着进去了。那个女孩坐下后就伏在桌子上继续哭泣，头也不抬。我们买了大纸筒饮料，站在一边吮吸。等我们有了座位，边上也有两个空位时，我老伴过去，把那两个女孩请了过来。坐在我们对面。我们先说了我们是谁，从哪里来，也想看看今天的签售情况，没想到会是这个样子。两个女孩面有惊讶之色，起初有一点不相信是真的，后来确信了，又有一点激动。我们与之深谈后，她们倍感亲切。那个哭泣的女孩说她们都是高中毕业，今年考大学，喜欢羽泉有五六年了。哭泣的女孩说她从《最美》开始喜欢上羽泉的，在二人中她更喜欢海泉。她买了《三十》，见附赠的钥匙串小礼物上是羽凡签名的，还特为找喜欢羽凡的歌友换成海泉的。她一个要好的同学就特别喜欢羽凡。她们俩都是从通州来的，上午坐车过来，在烈日下晒了几个小时了，就想亲眼见见海泉和羽凡，还带来了相机想合个影，可这一切都因活动取消而落空了！她能不伤心吗？我们请她们留下了通信地址、邮编，承诺回到沈阳，给她们寄去羽泉签的物品。她们乐得不行，说今天意外收获大了，太高兴了，非要和我们合个影。我说有必要吗？她们说太有必要了。我老伴说，人家也不认识我们啊。她们说，我们自己知道就行。我们分别用两个相机请邻桌的一个小伙子摁了快门。为保险起见，拍了4张。

　　这天，海泉头疼得厉害，许是因为签售活动安排得不好而让他激愤。他说他和羽凡在大厦楼里与三四百位歌迷见了面，因为这次安排对歌迷太不公平，有的还是在网上与羽凡联系之后相约赶来的，没想到主办方这样不负责任，伤透了歌迷的心，也伤透了羽泉的心。羽凡激愤地把签售桌子掀翻了，他此时无法表达与歌迷是心连心的，他最担心伤害到歌迷啊！当天晚上，我们在海泉家看电视播出的非常可笑的"快乐驿站"动漫版郭达系列，海泉一丁点儿也笑不起来，他仍在想着这次签售因主办方不负责任，没有安排好，让歌迷伤心的事。他给羽凡和公司的袁涛、李绪明等人轮番打电话，研究如何弥补这次活动造成的损失，今后如何杜绝此类事情的发生。过了三天，羽泉做客北京音乐台中歌榜和全球华语音乐排行榜的节目，羽凡对掀桌事件做出回应，他说这件事与海泉与公司无关，说他再不会做出这样不理智的事了。

8月13日，在海泉生日那天，北京王府井东方新天地大厦地下一层有一个音像店，重新举办了弥补上次未搞成的签售活动。没有购买《三十》正版CD的人是进入不到签售现场的。我和老伴排队买到两张正版专辑，我们的排号是510号和511号。这个号票上就有羽泉坐着的照片。我们凭票进入到里面，大厅里排了无数回行的队伍，歌迷众多而有秩序。我们排队的时候，见到了曾在羽泉做客"艺术人生"时那个叫郑爽的男生，我们与他打了招呼。问他的近况，他说他参加高考，考上了北师大，文化管理专业。我们还看见了上次哭泣得厉害的那个女孩，她叫刘莎，今天又从通州赶了来，满面笑容地与我们打招呼。羽泉没有到场时，场上一直放送着他们的歌曲，不断有人重申纪律和秩序。有人领头高唱羽泉的歌,最前排的是"羽泉地带"的代表,他们一直喊:"羽出惊人,泉力以赴,羽泉地带,没你不行!""海泉生日快乐!"

下午4点钟,羽泉按时出现,场内尖叫声和掌声不断。北京音乐台主持人主持了签售仪式,全场唱起了羽泉原创原唱的歌迷版的《求爱歌》,特意把歌中"爱上了一个女孩",改成"爱上了两个男孩"。"羽泉地带"的代表恩熙赠送给海泉一本制作精美的羽泉影集。"羽泉地带"北京歌迷会的赵燕乔宣布地带歌友多人以海泉名义捐款资助京郊失学儿童,作为给海泉生日的特别礼物。海泉现场发表了答谢词。这时,抬上来一个大蛋糕,插上了3支蜡烛,点燃后,在全场由羽凡领唱的生日快乐歌声中,海泉许愿和羽凡共同吹熄了这个难忘的30岁生日的烛火。

七八台摄像机和十几个摄影记者拍下了这动人的场面。在签售队列里,有残疾女孩,有脑瘫患儿,有金发碧眼的外国女郎,有上了年纪的中年人,也有仅七八岁的小朋友。我拿着我在此新买到的专辑,也挤到排队的人群中等待签名。海泉在我打开的专辑附赠的小册子上签上他的名字后,抬头看见是我,笑笑对他旁边的羽凡说:"抬头看看是谁?"羽凡对我灿烂一笑,喊了一声:"爸!"然后写下了他的名字。我看见羽凡的装束十分的前卫,一顶小帽,短裤,潇洒可爱。

为了弥补上次没有签成让大家苦苦等待的遗憾,海泉和羽凡还有公司的上下,特为每个前来参加签售的朋友准备了一张羽泉签名的照片，他们快速地签着，手不停地挥动，整整签了1小时40分钟，签了1000多张。之后，他们应邀与北京歌迷会的朋友们合了影。当北京歌迷会的赵燕乔来请我们与他们排好队的歌迷们合影时，我犹豫了，因为我们没有这种资格。我们婉言谢绝了。

我们回到沈阳，就给那位哭泣的歌迷刘莎寄去了羽泉的签名照片，还有一本海泉的诗与写真集。很快，我们收到了刘莎的信：

胡伯伯、胡伯母：你们好！

我收到了你们寄给我的签名照以及海泉哥哥的诗与写真集，万分地高兴！谢谢你们！

我只是众多的羽·泉歌迷中的一个，与你们的相遇是上天对我的恩赐，我从没想过有一天我会见到我偶像的父母，也从没想过看到我最热爱、最喜欢的羽·泉组合！你们——是我见到的最高尚的人了，真的！你们对海泉哥哥的栽培与支持让我深深感动与震撼。海泉哥哥早已是大红大紫了，而此时的你们却能为他去安慰我这样一个最最平凡、渺小的歌迷，还给我寄来照片与诗集，我真的非常非常感动！谢谢！谢谢！现在的我与一个月之前的我又不一样了，我再次重新认识了羽·泉，重新认识了我喜爱的海泉哥哥。

……海泉哥哥今年30岁了，是属兔子的，很凑巧，我今年18岁，也是属兔子的，呵呵，也许，真的是一种缘分吧。我很羡慕他的才华，他的诗，他的音乐，我都为之感动。其实，我也是个音乐的热衷者，今年上大学我考上的是首都师范大学科德学院，专业就是音乐学。我小时候练过舞蹈，学过电子琴，现在我的专业是长笛。听羽·泉的歌，唱羽·泉的歌，那是我很自豪的事情哦！他们吸引我，就是因为他们的词是真实的，他们的曲是动人的，他们的演唱是真情的流露，是用感情去唱的。我认识他们是在电视上看到的《最美》，那时我第一次听就爱上了，天天都会听，后来就开始关注他们，买他们的磁带跟CD了。我知道我已经离不开羽·泉了，只要有他们的消息，我就会很激动。我是羽·泉的忠实歌迷，但我也没有很疯狂，喜爱无可非议，但过分地疯狂我觉得也没必要，我只想默默地听他们看他们支持他们热爱他们。羽·泉地带我每次上网都会去看看，在聊天室里与其他歌迷们讨论一下他们的歌和他们的近况，我很少发帖子，怕发的不好，怕没人回应后的失落。不过现在好了，我有了海泉哥哥父母的关心与注意，我……真是三生有幸了呢！

感谢你们对这样平凡的一个我的关心与眷顾，我这个暑假真的过得太有意义了。终于我见到了海泉哥哥，我跟羽·泉握了手，排队再累，等待再痛苦也值了！！！

8月13日我很抱歉没有给海泉哥哥送生日礼物，我知道我的渺小，送的礼物也一定没有别人什么画像呀、纪念册呀的珍贵。这是我最遗憾的事情。在此我想补送一件小小的礼物，因为我的名字叫刘莎（流沙），所以我就送一件能代表我的小礼物好了，呵呵，礼物的名字就是"流沙"，希望你们能帮我转交给海泉哥哥，希望你们能留个念，记得有我这样一个小姑娘关注、喜爱、支持着他们呢！还有请代我向他致歉。

再以后，只要我有可能参加他们的活动，我都会尽量参加，当然北京的活动我更不会落下啦！

胡伯伯、胡伯母：感谢你们培养出这样一个优秀的音乐人，让我们能听到他们美妙的歌声，我也会努力学习音乐的，希望有一天，我可以在不远的将来，在乐坛里与他们相见，到时我一定拜海泉哥哥为师，呵呵……

好了，这封信又臭又长，还望原谅。

再次感谢你们寄来的礼物！祝你们身体健康，每一天都将笑容挂在脸上！

祝海泉哥哥永远青春帅气，快乐平安！

祝羽·泉组合永远拥有最美的歌声，创作出最好的更多的音乐作品!

羽·泉歌迷　刘莎
2005.9.5

收到刘莎的信,我们也给她写了一封回信:

刘莎同学:你好!

　　高兴地收到你的信和给海泉的"流沙"(精致的小沙漏)礼物。先替海泉谢谢你!

　　你实在太客气了。我们真是有缘,能在那次没有签成的签售会上相遇,我们同样认为认识你是我们的幸运。

　　听说你考上了首都师范大学科德学院,而且学的是音乐学,这太好了。预祝你在学业上早日有成。因为我们觉得你是非常聪明的一个孩子,你只要努力学习,只要不浪费有效的时间,只要下工夫钻研,你一定会取得优异的成绩,从而圆自己人生的一个梦想,做出一番辉煌的事业,为自己也为辛辛苦苦供你上学、养育你并栽培你的父母争光!

　　我们真心地希望你早日选择自己最喜爱的专业,锲而不舍地努力下去,做出一番不亚于羽·泉的事业!

胡世宗　王惠娟
2005 年 9 月 19 日

后来，我们一直与刘莎有联系，她还参加了学校的一个女生乐队，还寄来过她们几个女生吹拉弹唱激情表演的彩色广告海报。

在这之前，我曾遇到过一件事：一位歌迷把给我的信寄到了长年无人的邻居家的信箱里，造成了极大的遗憾。为什么有那样多的歌迷把信寄给我，因为有一家娱乐界的报纸，无意中公布了我家的地址、邮编。

一天，我老伴儿从买菜的早市回来，在楼下信报箱外的草地上发现了一封被扔出来的信皮上

// 海泉父母在北京与歌迷合影

蒙上很多灰土的信，这是2004年8月4日一位羽·泉歌迷裴伊伊的来信。这是投信人投错了信箱，投送到一个长期无人的住户的信箱里，最近这一户搬进人了，在清理信箱时发现这不是他们的信就扔到外面了。我捡起并细看了这封信，对送信人送错了信而造成的严重后果特别痛心！内心的遗憾难以言表，造成的损失已无法挽回了！

这封歌迷的来信如下：

胡伯伯：展信佳！

我想您近来一定很忙吧，一直没有收到您再一次的回信，我在期待和忙碌中度过了仅属于我的21天假期。

说起来挺无奈的，我现在已经算是高三的学生了，学校在8月1日，也就是暑假的第22天开始组织补课，高三的"魔鬼"生活真正步入了正轨。学校原则上说是自由自愿参加补课，可是"补课"补的是新课，上的是新内容，有谁可能不参加呢？我当然知道学校这么做是因为不让我们比其他学校被动，为了我们提前进入状态并获取时间，对我们是有好处的。但由了7月的假期中，我从23日起就一直挣扎在病痛之中，还没来得及好好享受假期的轻松，如今刚刚康复就又要投入如此紧张的学习之中了，心有不甘。

不过在短暂的假期当中也有些时日是欢快的，16日时我和母亲同去了广东珠海，在那里度过了将近10天的时间。

在那个城市里，我第一次接触到了向往已久的海洋。其实当我还坐在长途汽车上时，就已见到了内海。当时是凌晨时分，所以水面上一片漆黑，但是我看到的是一幅美极的风景：暗淡无光的水面上，闪动着无数的渔火，乍一看过去，令人眼前一亮，怀疑着自己是否来到了天堂，星星点点竟会在眼前闪耀；或者我来到了流星们在地面上聚集的地方？实在太美妙了，我久久都未从失神的状态中缓过来，而在我真正看到海的那一刻，却没有想象中的兴奋与激动，只是心情颇为轻快，望着漫无边际的大海，有种海阔天空的感觉。当天晚上，我平生第一次在梦中说了梦话，呵呵，喜悦的心情还是不经意流露了出来。

胡伯伯，其实我不仅把您当做一位长者，我更视您为我的朋友，所以有什么烦恼或者快乐，我都想向您倾诉，与您分享，如果您觉得我有点儿冒冒失失，请告诉我哦！

对了，8月13日是海泉29岁的生日了哦，呵呵，那现在我该叫他"海泉哥哥"还是"海泉叔叔"呀？如果叫他"叔叔"，那胡伯伯岂不要叫成"胡爷爷"了？唔，那还是叫"哥哥"吧，反正我也只是比他小了12岁呀！胡伯伯您千万要记得我，代我向他说句"生日快乐"呀！礼物我是没时间挑了，等到明年他30"大寿"的时候，我再精心挑选一份寄给胡伯伯，请您替我交给他咯！如果您收到这封信还未到或正好是海泉生日那天最好了，如果超过了生日，也请替我补上好吗？麻烦您咯！海泉的生日之后10天，8月23日的时候，就是我17岁生日了，前些日子刚办好了身份证，我一有空就掏出来看看，呵，够自恋吧？我很想在生日的时候收到您和羽·泉的祝福，我知道这个愿望有些奢侈，因为你们都很忙的，如果真的没空就算啦，我很善解人意的嘛！（当然如果有，那我会高兴死的！）

胡伯伯，羽·泉什么时候才又会发行新专辑呀？应该快了吧？fans们又等了一年半了，好想听听他们新的灵感、新的声音哦！别忘了告诉他们，我们已经屏息以待了哦！我们都相信他们的新作品，一定会被歌迷所喜欢的！

昨晚我忙里偷闲，看了日本和巴林、中国与伊朗的亚洲杯两场半决赛，真是精彩啊，精彩得太快人心、惊心动魄，中国队与日本队的决赛更是不可能不看。我知道羽凡和海泉都是铁杆的球迷，我和他们共同支持中国队，无论决赛的结果如何，我也会为中国队欢呼,第一和第二又有何区别?中国队这次的表现真的很不错!

说了一大堆了,我也该停下咯……

祝:身体健康!合家欢乐!

裴伊伊

2004年8月4日

我真的想找有关部门谈一下这封信的事,来信者读高三,不知是刚上高三,还是就要毕业了,我无法知道她通信的地址,无法给她回信,更是错过了她所期待的在8月23日她生日时给她的一份祝福,这本来是应该做到也完全可以做到的啊!而我却没能做。这完全是一次投信投错了信箱造成的!我该怎样弥补这样一个遗憾?我想到了我常上网看到的"羽·泉地带",这是羽泉歌迷聚集的网站。我希望他们能帮助我把这封信发表出来,也许这位歌迷能够看见,或者她的同学、她的亲人、她的熟人能看到,告诉她一下,请她能够谅解我,并希望她按照原来写信的地址把她的联系方式告诉我,我会给她回信并给她补上生日的祝福的!不知她高考成绩如何?现在何处?我祝她在新的学习岗位上一切顺利,身体健康,心情快乐!

我查找到裴伊伊2004年4月23日给我写的一封信,信的末尾说她的真实姓名叫"彭莹"。

我把裴伊伊的信发给了"羽·泉地带"的七色花,很快她就给转发到了"地带"上。七色花查到了这位歌迷是"地带"成员，网名就叫裴伊伊，注册时间和通信地址也都对，还查到了她的真名——彭莹。可是这位歌迷最后上网时间是前一年的5月，以后就再也没有她的消息了。这次七色花在QQ上加她，也没有回话。

隔了一段时间，我收到裴伊伊（彭莹）的信，她在信中说：

"当我得知您在尽心找寻我的时候，除了感动和感激，我不知该如何表达我此刻的心情。10个月前的一封信

至今仍令您如此上心,它'流浪'的历程是漫长的,机缘巧合,它最后还是到达了您手中,而您为我的生日祝福,虽然迟到了10个月,但我还是收到了,不是吗?您的心意我感受到了,作为羽·泉一名极其普通的歌迷,您会这么负责地对待我,真是我莫大的荣幸。您的责任心和热情令我敬佩,如果您在'地带'的论坛上看见那张《帮胡爸爸寻找裴伊伊(彭莹)》的帖子,您会知道您如今的人气有多高了!呵呵,托您的福,伊伊在'地带'也小有名气了呢!"

"6月15日的时候我打开了那个封存了许久的电子邮箱,在此之前由于高考的缘故,我一直没机会上网,而一封6月5日发来的E-mail令我知道您寻找我的事。通知我的是'地带'里的一位歌迷,她说大家都在帮您找我呢,让我在'地带'瞧瞧就明白了。于是我立刻登录上去,看到的一张张帖子让我很是感动。在'地带'我感受到了温暖。只因为我们是一大家子,是羽·泉让素不相识的我们互相帮助,心心相连。""我越来越能感到您是位多么可亲可敬的老人。只有您这么慈爱的父亲,才能培养出海泉这样杰出的人才,羽·泉歌迷们都对您心存感激。这些话我已经不是第一次对您说了吧?我想这不叫啰嗦,而是强调。我想让您了解歌迷们对您们——我们偶像的父母的感激,作为一位父亲,可想而知海泉从小就受到您良好的教育，如今，我们才看得见出色的海泉，但我们不会忘记将他一手栽培出来的您，真心地道一声'谢谢'！""刚才我提到了10天前才结束的高考，高考结束后我并没有觉得轻松，反倒是很沉重起来，有些莫名其妙。这或许与我的发挥失常有关。前天上网的时候估了分，只460左右，或许只勉强上个二本，距我的梦想太遥远了。如今我有两种选择，一是将就填所普通院校算了，二是抱定理想，继续一年奋战，重新再来。我是相信自己的潜力的，却还是举棋不定，

// 羽泉与歌迷8

面对如此重大的选择，我有些不知所措了。胡伯伯，您的生活阅历可比我丰富多了，请帮我以您的视角分析一下利益关系，指点一下迷津吧！"

信中还表达了对羽·泉新专辑的期待和祝愿，希望他们的新专辑"顺利发行，销量节节攀升！羽·泉组合长长久久，长盛不衰！"

我在回信时，对她是复读一年，还是上这个考上的并不理想的大学，我让她自己多考虑，并主要听家长的意见。我说到海泉高考那年，他妈妈动大手术，无暇顾及他，他考得并不理想，原来报考的第一志愿是厦门大学新闻系，前面的第二、第三、第四志愿都没能实现。后来只考入了沈阳广播电视大学，因为不是名牌大学，学习压力也没有那么大，这使海泉有更多的时间做自己喜欢做的事情。这个学校让他的课余爱好得到了充分的发展。对裴伊伊的询问，我没有也不可能有明确的表态。但我希望她能量力而行、三思而行，更多地听听家长的意见。

有一次，海泉回家带回了一封青岛某大学名叫王姝的歌迷的信，讲述的是因为《最美》这首歌，成全了她和她男朋友美好的友情。她写道："我和男友是7年前认识的。那个时候他读高一，我读初一，我们之间是纯真的兄妹之情。中考后，我留在了那所学校继续读高中，他却高考落榜，开始一年的复读生活。因为不在一所学校学习，渐渐的，我发现'距离产生美'，但那个时候我们还不能谈感情这东西。1997年，他在复读一年后考上了中央工艺美术学院。于是，他带着我的那份隐隐的思念去了北京。我们虽不能常见面，却保持着书信联络。那时的我认为，他生活在北京——一个与我所生活的城市截然不同的大都市，他一定不会记得我的存在了，他生活的那个城市中，一定有一个很美的女孩在陪伴他。于是我依然保持'沉默'，我甚至认为，我们两个人就只能这样擦肩而过了。""今年过年，我回北京去看望亲人，他回青岛去看望父母，我以为我们今年春节是见不到了。可是在2月13日晚，他赶回了北京，并打电话约我2月14日吃饭，我答应了。我们约在一家有秋千的浪漫的小餐馆见面，小餐馆的气氛很好，烛光晚餐。他没有什么变化，我们像平常一样的聊天。突然，音响里传来一个声音：'王小姐，接下来的这首歌是由蒋先生送给您的，他要告诉你，在他眼中只有你最美。'接着，整个小餐馆里环绕着那优美的曲子：'Baby，为了这次约会，昨夜我无法安然入睡，准备了十二朵玫瑰，每一朵都像你那样美……'他紧握着我的手说："等了你7年终于等到你长大了，是该告诉你的时候了，我爱你，我心中，只有你最美！'刹那间，我的眼泪夺眶而出。7年了，我又何尝不是等了7年？感谢冥冥中的那份力量让我们没有错过彼此。"信的最后说："羽凡，海泉，感谢你们，感谢你们那首《最美》。感谢你们为我带来的动听的音乐和真挚的感情……"这封信被我熟悉的朋友拿到一张报纸上发表了出来，我把这报纸寄给了这位大学生。

她在给我的回信中说:"当初把那封信交给海泉的时候,我并没有奢望能收到任何的回音,因为我理解艺人们的工作都是很忙的,且有很多的事情是身不由己的。当初只是希望羽泉能知道因为他们的歌曲而发生的一段故事,以及对他们的祝福与感谢……"这是10多年前的事情了,不知这位大学生与她的恋人现在的状况如何?一切都好吗?

还是2010北京圣诞狂欢夜演唱会上,我一直不知道,羽泉会请圈内哪一位朋友做嘉宾,我的猜想与他们请的嘉宾完全是两回事。演唱会的神秘嘉宾到底是谁?直到最后我才弄明白,这些嘉宾不是通常的明星歌手,而是清一色的有着梦想的普通人。羽泉给他们加油打气,鼓励他们不断努力去实现自己的梦想。

羽凡和海泉讲述他们去看望一位打工小伙,他的居室仅是一个3米小屋,只放一张床。墙上有标语:"一切都会过去,明天更美好!"这说的是信念。海泉他们在北京创业初期也都经历过这些困苦和磨难。为鼓励这些朋友,羽泉献唱了《谁不曾谁不想》。这首歌让我立即想到海泉曾住的那个出租房,那张没有任何铺垫的木板床,不仅没有床垫子,连"榻榻米"就是草垫子也没有哇!我当年去看他时,我曾悄悄为儿子的艰苦流了泪,而他却非常乐观向上,不以苦为苦。我想,所有成功者都必是以苦为乐的人,世上有许多以苦为苦的人,却也有不少以乐为苦的人呢!以乐为苦的人,注定是没有出息的人。

// 羽泉与歌迷 9

// 羽泉与歌迷 10

接下来，让我感动也让全场感动的，是陈燕的故事。陈燕是海泉和羽凡访问过的一位盲人。她是全国第一位盲人调琴师。她的故事太感人了！她的坚强和乐观让所有的人都敬佩。她的老公也是一位盲者。他们还收养了一个8岁的盲童。在全场热烈的掌声中，海泉和羽凡把陈燕请上了舞台。这位满面笑容的穿着红衣的女士，与海泉同坐在钢琴前，她用灵巧的十指与海泉共同弹奏着。羽泉把一首著名的《叶子》唱给她。羽凡在背诵前面的导言时，特意把"叶子"说成"燕子"，唱词里的"叶子"也都改成"燕子"了。陈燕与海泉共弹一架钢琴，陈燕的指法很熟练，她是几十个琴童的教师呢！她曾写出《耳边的世界》这样的专著。她说她的偶像是羽泉，她看不到偶像的形象，但为能摸到他们的脸而高兴。她能听出琴音准不准。她说蓝色代表着广阔，是海洋也是天空的颜色，说红色代表热情……羽凡夸赞陈燕是一个发光体，她看不到所有人能看得见的东西，但她能看到世界上很多人看不到的东西。羽凡说，每个人只要你是一个发光体，你注定会有自己的舞台！

有一个21岁的小伙子，羽凡叫他"兔子"，他名叫章剑，他听了羽泉演唱的《我的青春我的城》后，给开头加了一段RAP，羽凡和海泉听了之后，非常认可，羽凡邀他到自己的工作室工作，为他梦想的实现保驾护航。他也是羽泉曾在演唱会前拜访过的。他记得他母亲把他送到火车站的情景……羽泉听他演唱《我的青春我的城》的开头，然后由羽泉完成这首新歌的演唱。羽泉的心灵与歌迷们的心灵是共振的，他们的声音是合拍的。

那首《U and me》是我非常喜欢的歌,是羽泉唱给"羽·泉地带"的歌友们的,也是歌友们与他们经常一起唱的歌:

> 再一次出发总是比曾经的路更坎坷,
> 因为有你有我就没有过不去的河……

在这个夜晚,在这个舞台上,羽凡和海泉两个人准确地说出全国有"羽·泉地带"的31个分会,截止于目前有102365个入会的歌迷。他们唱这首歌的时候,坐在最中间位置的一大块"羽·泉地带"的歌迷们,也同时大声地唱起来,大屏幕上打出一个个歌迷的名字,打出一张张"羽·泉地带"成员的照片,多是合影照片,令人感到异样的亲近……

羽凡和海泉说,这些歌迷朋友就是羽·泉中间那个"点儿",没有这个点儿,羽泉不会这样坚固,不会连接得这样紧密。对丁羽泉二人来说,这个点儿,是最重要、最重要、最重要的。这102365个点儿,还在增加,一点儿点儿加起来,汇成了江河湖海,去实现自己的梦想,去帮助社会上需要帮助的人……

最令人感动的时刻来到了,连羽凡和海泉也没有料到会是这样的情景。在大屏幕上打出了因为喜爱羽泉而结合到一起的一些情侣的照片和名字,比如小罗和田佳等。羽凡说他们愿成为这些有情人的月老。开始上来一对要在这个现场求婚的恋人。他们是羽泉的忠实歌迷,是演唱会中这个环节预先准备的一对恋人，他们捧着鲜花，手里有要献给对方的小盒礼物，可是，很快就又上来一对、又上来一对……手拉着手的一对又一对！一共上来了7对！他们纷纷表白自己如何在热爱羽泉音乐的过程中认识对方的，或如何把对方拉到"羽·泉地带"队伍里的。一个一个男生向女方当场求爱，单膝下跪，向那捧着一捧鲜花的人借了一支支红红的玫瑰花。这几位男生都特别激动，他们真诚地表白：

"要把这个时刻当成生命中最重要、最幸福的时刻，感谢上苍给了我这样一个机会！""皇天在上，羽泉为证，我会对我爱的人好一辈子的！我要给你一生的幸福和快乐！""我没钱，也不帅，但到你白了头发的那一天，你仍是我心中的最美！"

…………

海泉和羽凡一再说，这不是随便说说的事情，爱就要爱到底，一定要白头到老啊！说话要算数的啊！

一对一对争先恐后地表白。有的女孩当场表示接受这份爱，有的没有用语言表示，却也挽起了对方的臂膀。

这时跑上来一个女孩，她是一个人上来的，她是羽泉的歌迷，她情不自禁地在这个场合向她的恋人表示感谢！她是严重的尿毒症患者，是她的恋人给了她最大的支持和鼓舞，不离不弃，还忍受她的坏脾气……她说着、说着，眼泪就流了下来，她盛邀她爱人上台来，羽泉也请她在场的老公走上来，可是她的老公很低调，始终没有现身。这个女孩对台下说：

"我已婚,我和老公一起来看羽泉的演唱会,但我要解释一下,我是尿毒症晚期患者,请大家给我这次机会,我要向我的老公求婚,这也许是我最后一次来看羽泉的演唱会了,我的老公一直默默照顾着我,不离不弃,以前是他向我求婚,今天我要珍惜这个机会,我要向他求婚!老公,请你嫁给我!"

这一场面,让大家为之感动不已,场上爆发了最热烈的掌声。羽凡和海泉都默默地擦拭着自己的眼角。他们说,爱可以改变一切!羽泉对前面的7对恋人说,我们愿意参加你们的婚礼!希望几年后,你们继续参加我们的演唱会,并且带着你们的小宝宝来!其实有的歌迷已经把喜欢羽泉的事发展到第二代了!

这个感人的环节完全是意外的,它占用了很多时间。海泉在台上大声地说:"这个环节肯定超时了,原来没有设想到的。请有关方面原谅!原谅!"这有关方面包括了公安、消防、电力……

在按下来演唱《最美》的时候,羽凡边唱边做用手"割"胸、"挖"出心来,向前送递的动作,他的真诚令人感动。

我想起我当年还写了一首《羽·泉地带歌》呢,我是从歌迷角度写的,写了词又作了曲,词是这样的:

羽毛飞,泉水流,
阳光下青春似锦绣。
羽·泉的歌声多美妙,

鼓舞着我们朝前走。
让我紧握你的手,
请你紧握她的手,
握成羽·泉地带铁拳头,
风雨路上,我们是冲不散的好朋友!

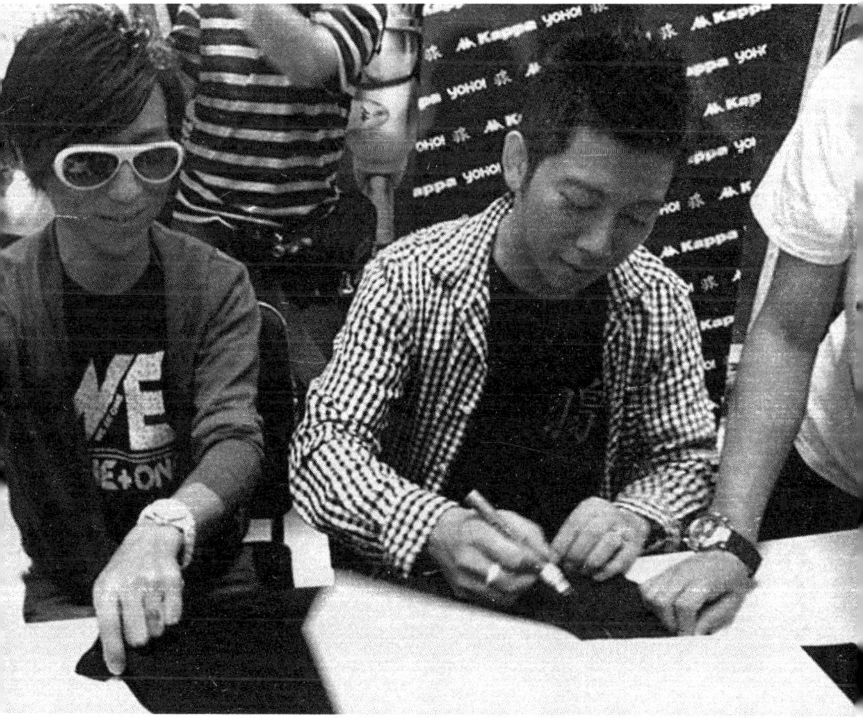
Kappa
YOHO!

泉·最美
QUAN·ZUIMEI

8."点儿"们的评论和羽·泉签售的故事

记得在一次颁奖会上，颁奖嘉宾是电影演员孙海英和吕丽萍。宣读"获奖的是……"孙海英读着手上的名单，他读的和所有人读的都不一样，他读出了"羽点儿泉"！他这个颁奖创造性就在

// 肩并着肩许下心愿

这儿。他把羽泉中间那个点儿特意突出地读了出来。于是这个点儿就特别显眼了。羽泉的歌迷们自称是羽泉中间的那个点儿。并且从此把羽泉歌迷都叫做"点儿"了。

我曾浏览过许多歌迷的帖子,他们对羽泉的支持和关爱,甚至胜过我们这些羽泉的家人。有一位叫陈默的rabbit的歌迷写给海泉这样的话:"2006年12月15日无锡永定桥国美。这也许是我一辈子都难以忘记的日子。用一句很俗的话说就是终于看到活人了,看到你上台说话,我眼睛直勾勾的,好像自己在做梦,狠狠地掐了下自己,确定这一切都是真的。签售结束后去了酒店,海泉很温和地对我们笑,接过我们送的圣诞贺卡。更多的感觉像个朋友,握手,签名,合照,临走时海泉对我们说:'太晚了路上小心,晚安!'在同一片蓝天下,和你共同呼吸,第一次感觉和你那么的近。那天夜里我久久难以入眠,躲在被窝里,回想起这一切,默默地把海泉的名字刻在了心里。""从那以后开始了伴随着你的旅程。不靠绯闻、不靠炒作、诚实面对大众、认真执着地做音乐的你,让我为之骄傲!海泉多少次的谋面,匆匆而去,也许你看不清我们每个人的脸,但是你那张总带着丝丝微笑的面容,在我们心里总是暖暖的。""2008年11月15日南京五台山体育场。那是我第一次看你的演唱会,多年的梦想成了现实,在现场我热血沸腾,居然激动地哭了,和地带的亲们一起呐喊着、疯狂着、歌唱着。""2011年4月22日常州大剧院。这么多年来这是第多少次的见面,不像去看偶像的演唱会,倒像去看个朋友。之前知道你嗓子不太舒服，那晚你的表现依然那么完美！11场的巡演中还穿插各种活动，看着你劳顿的奔波真的好心疼。加油海泉，照顾好自己！"

另一位歌迷蒋芊郁写道："19世纪伟大的哲学家尼采说过，'人生最大的幸福感除了爱情刚刚降临时的特有的甜蜜以外，就是与自己最崇敬的人取得联系时的喜悦。'我生命的长河流淌了20年，虽然到目前我还没有得到尼采所说的第一种幸福，但是我又是多么荣幸，得到了常人不容易得到的第二种幸福。我淙淙流淌着的音乐小溪在2011年4月22日这一天与羽·泉这条奔腾壮阔的音乐河川在常州快乐地交汇在了一起，这一天注定是我生命中无法磨灭的印记。多年以来，我一直为羽凡的火焰和海泉的激流寻源，就在这一天我抵达了彼岸，实现了梦想。很像是一个百年孤独的信徒突然有一天沐浴到了上帝之光，那种感觉溢于言表，用再多他人看来是溢美之词的言语形容都不为过。""喜欢羽泉哥儿俩已经有8年了，我见证了羽泉从青涩的青年成长为而立的汉子的过程，这是一个伟大的历史过程，任何一个瞬间都值得铭记，都值得感动，都值得回忆。""第一次知道海泉是我小学4年级的时候。上初二的表哥从外地回来探亲，吃完晚饭，他问我：'你知道羽·泉吗？'我摇摇头。他继续问我：'你听过《叶子》吗？'我答：'叶子？没有！还蝴蝶呢！'表哥说：'羽泉唱的歌很好听，你可以去听听胡海泉的《叶子》。'表哥走之前，送我一盘磁带，我打开录音机，第一首歌就是《彩虹》，我的灵魂被震撼到了，原来这个世界上还有这么好听的音乐，很快我就学会了我生命中真正意义上的第一首流行歌曲，可是傻傻的我还不知道羽泉俩人长什么样。""五年级的时候，我买了第一张羽泉的盗版专辑（抱歉，我家乡那时候没有卖正版专辑的），从头到尾听了好几遍，甚至把那些冠着哥儿俩名但根本不是哥儿俩唱的歌曲都学会了。从此我知道了，羽泉是谁？长什么样？从此我爱上了唱歌，我的音乐之路就此打开。""小学的时候，我很崇拜羽凡，酷酷帅帅的。长大了，我发现自己原来更喜欢海泉，那种温婉，儒雅，低调，绅士，彬彬有礼的风度，就好像是夏天里的一杯凉茶，也像一杯浓浓的普洱，有岁月的沉淀，醇香。炮儿（胡世宗注：歌迷们都称海泉为"大炮"，昵称"炮儿"。）是一名北漂，与北京土生土长的涛贝儿（胡世宗注：涛贝儿是羽凡的小名，也是昵称。）相比缺少一些优势，身上具有与众不同的气度，他努力，奋斗，思索，隐忍，坚持，所以走到了今天。他思索着，也让我思索着，他成长着，我也成长着。""大炮还是一位天生的诗人，身体中流淌着身为军旅作家的父亲的血液。也许我喜欢海泉会和许多点儿不同，我喜欢发觉他背后的精彩。我知道海泉喜欢顾城，喜欢北岛。于是我一时兴起，研究起了顾城和北岛这两位诗人的作品。很快我发现，我也爱上了诗歌，尤其热爱上了顾城的诗歌。我知道诗人身上或多或少都会有淡淡的忧郁，浅浅的忧思，平静超然，深刻而唯美。海泉和顾城有些相似，一些童真，一些对社会的认识，都是那么贴近人性，耐人寻味。很遗憾到目前为止我还没有买到海泉的诗集《羽·泉之泉静静地流——胡海泉诗与写真》，不过我早已通过歌词和网络触摸到了海泉身上的肖邦和李斯特的灵魂。""很多人都说海泉是水，可是他们也许仅仅是在表面上感觉海泉安静、平和。我想说海泉的确是水，可是水的力量是长久的，随风潜入夜，润物细无声。那种细腻润泽慢慢沁透人心，水滴石穿，无声胜有声。""我的印象中，身为老板的海泉或许是一个有点清高孤傲的艺人，可是见到海泉的一刻，我的很多想法就彻底改变了。没有明星架子，随和、亲切，就像一个邻家大哥哥一样，让我这个微不足道的歌迷温暖而感动。"

网名为"小胖"的刘海霞对海泉这样写道："最初认识你们是在电视里，当时我在街上闲逛，突然被你们的歌声所吸引，那是央视3套的音乐节目，你们当时正在唱《蜡人》，就这样让我真正记住了你。""见到真人是在2002年的5月，常州恐龙园，我站在第一排的位子，你们在上面唱，我就在下面随声附和，拍了一张你用手指着我的照片，可能你已经忘记，但是这却是我用一生时间都无法抹去的回忆。这次以后我有了一个念头，要做一个永远的歌迷，即使有天你们不再唱歌了，我也希望我们能像朋友那样聊天，一起回首过往的岁月。这十几年之中见过你们多次，也很幸运你们能记住我的名字，能够被你们记住是我最开心的事情。""在一个叫做'地带'的地方，这里有欢笑，有泪水，更多的是对你们的热爱，你是孝顺的。每次看叔叔的博客，都会记录你回家的点滴生活，我觉得你回家整个人都放松了，卸下光环，做父母的好儿子，同辈眼中的好哥哥、好弟弟，奶奶眼中的乖孙子。你是真诚乐观的。青葱岁月遇到过很多挫折，每次只要听听你的音乐，想想你们鼓励的话，再大的挫折都不算什么，因为你很乐观地在指引我们。因为工作了就不自由了，错过了很多活动，叔叔说过，心里支持就可以了，不需要每次活动都要到场。转眼已经追随你们走过快13个年头，13年值得我回忆的太多太多。每次活动结束你都会关照我们注意安全，让我们心里暖暖的。每次见到你，都是那招牌式的胡氏笑容，感染我，激励我，顺便说一句你的牙齿好白。以至于我找男朋友要跟你对比，哈哈，所以直到现在也没找到。我会一直努力。""时光如梭，万千事物都在变，请相信我们不变。我们会紧紧围绕在你周围陪伴你们在音乐道路上继续前行。每次匆匆见面，时间很短，但留给我们的回忆却很久远……"

歌迷王妍有一篇《我眼中的海泉》，她写道："他，我从十几年前就认识，可是他并不知道我。他，散发着诗人的气息，忧郁，温和，浓情。我想，蓝色是最适合他的颜色吧，给人一种想象空间，一湾小溪，淳淳流水。他温柔，浅浅的一笑，耀眼夺目；他内敛，略微羞涩，从不张扬，从不狂妄。他迷人，上天赋予他磁性而又深情款款的歌喉，一个音符的低吟，一句歌词的浅唱，便使我沉沦其间。认识他是从《最美》开始，那时的他不帅，青涩，平头短发，白色T恤，可我就是被这样一个简单朴实的他迷住了。他的名字带有几分诗意和浪漫，让我从此喜欢上了海，向往着某一天能够真正见到大海。从此，我开始关注他，精心搜集有关他的一切：卡带、海报、报纸杂志上关于他的报道……那一年的冬天，有他的陪伴很温暖。从此，我开始了对他的追逐，身边的一些朋友因为我而认识了他，虽然偶尔迷惑与不解，可我依然坚持。近距离的接触让他更显得平易近人。突然发现，原来梦想的实现是一瞬间的事，如烟花般绚烂，值得用一辈子的时间去回味。13年，从喜欢到崇拜再到现在如亲人般的感情。有一句话我很喜欢，想送给他：只要有呼吸，就会在一起！"

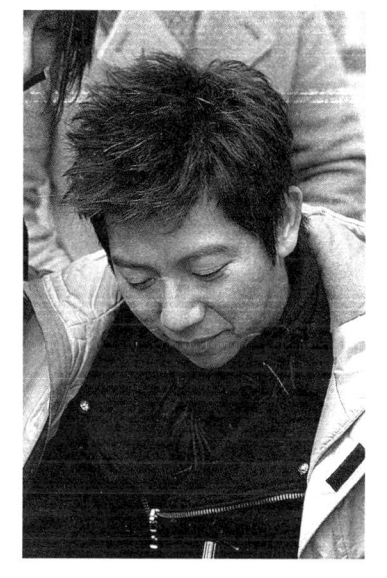

// 海泉在签售

我上面引用的，仅仅是、仅仅是江苏歌迷会中的几位歌友的很少的一部分文字。我没有去浏览和欣赏根本无法读尽的极为大量的歌迷写出的情感深挚的评论。这只是羽泉歌迷会的"冰山一角"、"九牛一毛"。可俗话说 滴水可以反射太阳的光辉。这些偶然让我看到的文字，使我明白了，羽泉在歌迷心中是什么样子，他们的歌迷是如何支持他们的，我被这些文字深深地打动了。

// 羽泉签售1

// 羽泉签售2

十余年来，从第1张专辑《最美》到第8张专辑《@自己》（中间还有卡拉OK版的《最美》和十年演唱会的DVD等一些唱片），我听海泉和羽凡给我讲过许许多多关于签售的故事。

有一次在哈尔滨，签售地点在一个很大的广场临时搭建起的台子上，当时气温很低，零下4度左右。上台之后，他们俩就傻了，他们从来没有看到过这样多的人，整个广场被人头塞得一点缝隙也没有了，大概有四五千人吧。当时秩序有点乱。考虑到大家的安全，他们说了很少的几句话后就坐下来为歌迷签名。他们俩飞快地在专辑上写自己的名字，整整写了3个小时，一个名字三个字或只写后面的两个字，一个小时该写了多少遍啊！写得他们俩胳膊酸、手麻、眼睛涩。但一看，还有很多很多的人手里都拿着他们的专辑等待签名呢！还有许多因书店售光了而没有买到

// 羽泉签售3

专辑的人，手里拿着白纸或本子，等待着他们签名。到最后，他们哥儿俩四肢麻木，仅靠腰的力量在转动，手臂已经没有任何力量了，还在尽力为大家签名。他们心里在想，这么冷的天，来了这么多的朋友，一定要满足大家的要求，给大家签完。主办方都宣布结束了，劝他们离开，他们仍不肯离去，仍晃动着签名的手腕……

还有一次更为传奇的签售发生在塘沽，不仅羽泉哥儿俩，不仅主办方，还有民警，都没有想到会来那么多的人。秩序已经根本无法维持，签售音像店的玻璃都被汹涌的人潮挤碎了。警方说，这样下去要出大事，要出人命啊！主办方宣布签售停止。羽凡和海泉两人感到非常遗憾，但是没有办法。他们试图离开签售现场。下了台阶之后，他们被拥挤的人群压在了下面。他们公司的韩旭也倒下了，保安也倒下了。几个保安根本拦不住如潮水般的人群。民警硬把他们艰难地拉了起来，这才又回到签售的音像店。外面的人群还要往里涌，在音像店里时间长了肯定是不安全的。音像店相邻的是一家理发店，主办方不得不把墙壁凿出一个窟窿，让他们钻到理发店里，从理发店的门跑了出去。他们跑了只十几米，就被大家发现了，这些人手中拿着他们的专辑或本子呼喊着要找他们签名。民警带着他俩使劲地跑，后面有几个人追，再后来有几十个人追，有几百个人追。民警在路边拦住一辆小车，带他俩上了车，这样才摆脱了追逐，回到他们住的酒店。这位民警和他们一样，跑得满头大汗。民警一边擦汗一边说："我当了这么多年的警察，以往都是我们追别人，从来没有让人家追成这样儿……"因为这件事成了塘沽的一个事件，唱片部的老板和发行部一个经理都被公安拘留了。他们签售的时候正是一个城市上下班的时候，当时一位官员对他们说："我们塘沽市的市长在回家的路上都被拥堵了！"

在羽泉成军10年之际，海泉真诚地友情深挚地对喜爱他们的歌迷说："不知不觉和大家相识快10个年头了，为何我们越长大，时间就仿佛过得越快呢？不过，这些年，奔忙在不同的城镇、不同的舞台，回想一下，见过面的喜欢羽泉的歌迷朋友的数量已经是不计其数了，很希望这所有人都和我一样珍惜我们现在的缘分；我们曾彼此给予的微笑，想必是人间最大的财富，你们给我和羽凡的信赖，一路成为激励我们继续同行

// 羽泉签售演唱会票

的朝阳。感激，难以言表。只要音乐给我的感动陪着我，只要你们的微笑陪着我，一切幸福的责任感都成为短暂生命里最美的风景……跋涉过最崎岖的山脉，我们终将到达那梦想中的未来！"

有一次，他们在位于沈阳中山路的沈阳新华购书中心签售，签售活动都结束了，海泉和羽凡也离开签售现场了。我和老伴从购书中心出来，正要回家，见一个八九岁的男孩站在购书中心的门口大哭不止，他手里拿着一张羽泉的专辑，说跑了很远的路，一再倒车，到这儿时，还是晚了！我们就劝他不要着急。当时我们手里也没有签了名的专辑，我就打电话给熟悉的好友、沈阳新华书店的总经理王京，因为我见到他的女儿、15岁的王明溪，今天也来参加签售了。王京说他的女儿还没走。我就动员明溪把她那张签了名的专辑先与这个小男孩对换一下。我答应明天把签了名的专辑给明溪送过来。就这样满足了这个小歌迷的心愿，这个男孩手捧着签了名的专辑当场就破涕为笑了。

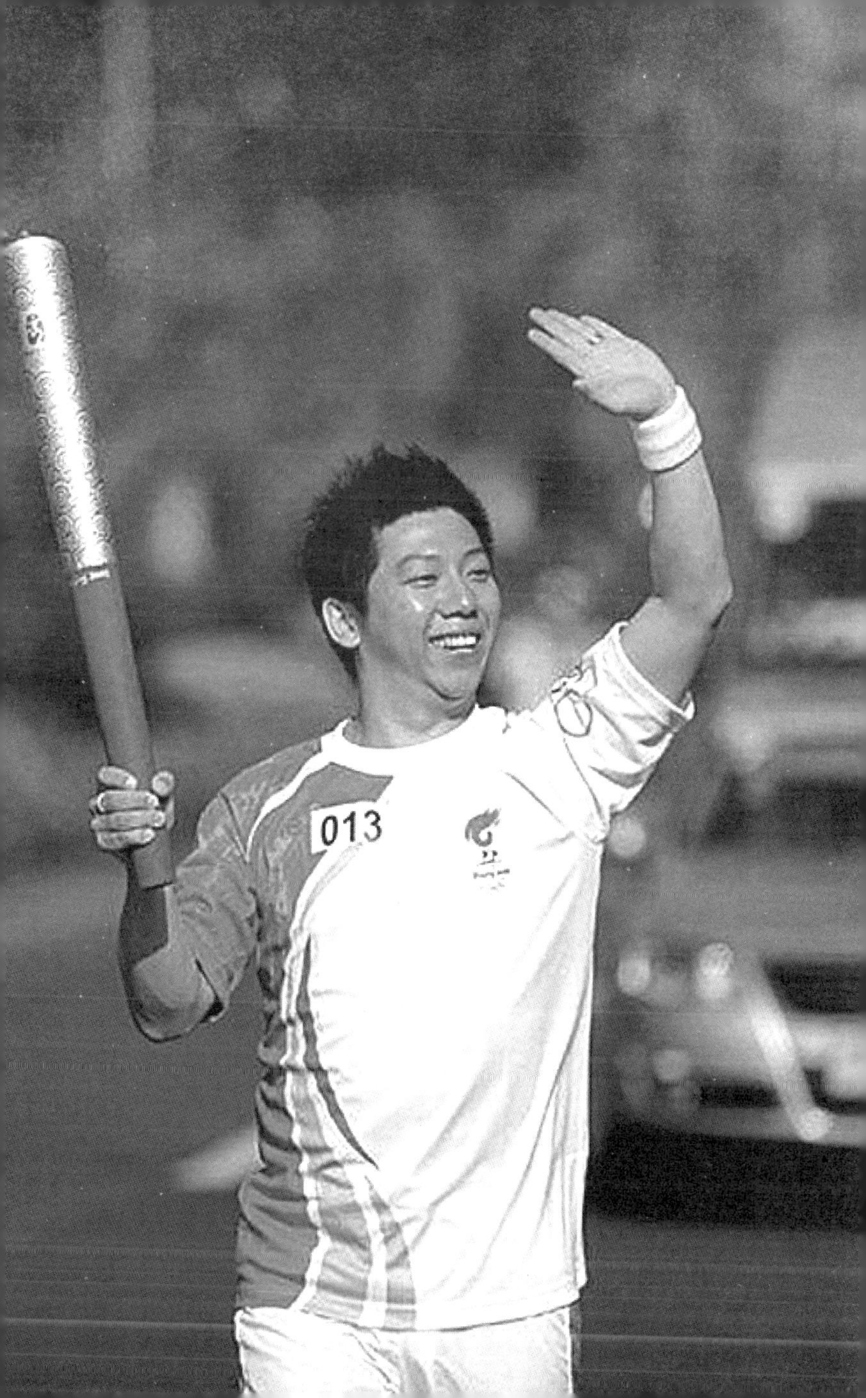
013

泉·最美
QUAN·ZUIMEI

9. 荣誉与担当,
   终点也许又是起点

海泉与羽凡成立羽泉组合以来,哥儿俩获得了很多荣誉,其中在中国流行金曲榜、中国原创歌曲总评榜、中国原创音乐流行榜、东方风云榜、中国歌曲排行榜、全球华语榜中榜、音乐风云榜、CCTV—MTV音乐盛典、香港十大中文金曲奖等多种评比中,多次获金曲奖、最佳新人奖、最佳组合奖、全国最受欢迎组合奖、全国最受欢迎男歌手奖、最佳唱作人奖、最佳专辑奖等奖项。

羽泉哥儿俩曾赴新

// 同心合力

加坡领取第二届 MTV 亚洲大奖中国内地最受欢迎歌手奖。内地的候选人有老狼、满江、满文军、孙悦、羽泉，竞选激烈，最后羽泉胜出。

据当时的报道说："第二届 MTV 亚洲大奖 2003 年 1 月 24 日在新加坡室内体育馆隆重举行，由 Shaggy 与亚洲天后李玟联袂主持。加拿大畅销创作女歌手艾薇儿（Avril Lavigne）三喜临门，成为最大赢家，赢得'国际最受欢迎新人'、'国际最受欢迎女歌手'，及'时尚风格奖'，内地歌手羽泉最先从 Matchbox 20 乐队手中领走中国内地最受欢迎歌手奖；摇滚乐团 Linkin Park 则抱走了'国际最受欢迎摇滚团体'及'国际最受欢迎音乐录像带'两项大奖；华人歌手竞争激烈，'奖'不完的周杰伦再下一城，获得'台湾最受欢迎歌手'，香港天后郑秀文、新加坡的孙燕姿二度蝉联。被喻为台湾奇迹的 F4，其人气影响力遍及全亚洲，获年度大奖'启发精神奖'。MTV 亚洲大奖唯一的'启发精神奖'由 MTV 全球音乐电视台颁发给对亚洲年轻人有重大影响力的个人或为亚洲地区年轻人的整体改善做出贡献的团体组织。"

媒体报道说："'内地最受欢迎歌手奖'是第一个揭晓的奖项，海泉和羽凡一身黑色礼服，兴奋地从著名乐队'火柴盒 20'手中接过奖杯。接下来他们的表现出人意料，海泉第一次用流利的英语发表获奖感言，而正在新闻中心观看直播的内地记者也不约而同地发出欢呼，和他们分享快乐。羽·泉在此次颁奖典礼上备受重视，他们不仅是大奖获得者，还再次上台为名震国际乐坛的新人艾薇儿颁发了'最佳时尚风格'奖。"

事后我问海泉,是不是事先准备好了用英语在颁奖会上的发言,并且反复练习过?他说没有啊,根本就没有准备啊。他说原来准备让羽凡代表讲话的,到了现场一看,完全是英语语境,那个时候说华语会使绝大部分人听不懂,羽凡和他两相比较,他的英语水平更好些,临时决定他来讲话,所以他讲得很激动。他手捧透明的四方形的玻璃奖杯,用英语对颁奖者大声说:"非常高兴、非常荣幸地从'火柴盒20'手中接过这个奖杯。因为我们也是火柴盒乐队的乐迷。谢谢你们!"然后他对台下的歌迷自豪地宣称:"我们来自北京!"他说:"非常高兴和你们分享这个快乐的时刻。我想今后羽泉会用更多的机会向世界推荐中国的流行音乐。"羽凡也大声地用英语喊道:"我爱你们!"台下歌迷们叫声和掌声连续不断。

海泉对我说:"主办方设这个奖,证明内地流行音乐越来越受到重视了,所以无论谁获奖对内地原创音乐都是好事。"海泉说:"这次在新加坡领奖,的确

// 冷酷到底

是一次难得的观摩机会，很多嘉宾都是我喜爱的。"我知道，MTV亚洲大奖是由全亚洲歌迷投票产生的。很多人问，羽·泉获得肯定后，是否会借机向海外市场发展呢？海泉说："未来羽·泉的眼光还是会继续立足内地，至于海外市场推广的力度，将由唱片公司决定。而且一个国家或地区音乐的推广力度，也往往与这个国家或地区的经济状况相联系的。这个奖的确是我们获得的覆盖范围最广的奖项，但它只是对过去的总结，我们的下一个目标是做好自己的新专辑。"羽泉是第二个拿到这个奖项的人，在首届来新加坡领这个奖的是他们的大姐那英。

在北京海泉的住处，我曾看到过海泉和羽凡两次作为奥运火炬手的邀请函。是的，在海泉人生的经历中，两次做奥

// 不需要再说什么天荒地老　　// 心似狂潮

运火炬手，这是值得骄傲和自豪的。成为火炬手是一种荣耀。他们将以自己人生故事为圣火增辉，并以高举圣火的形象激励和鼓舞世界。

2004年6月8日，雅典奥运火炬将传递到北京，这次火炬接力活动已经牵动了全世界的目光。在中国148名火炬手中，羽·泉组合作为流行歌坛的代表传递奥运火种。另一位音乐人是大哥级的歌手刘欢。

在海泉家，我看到"雅典2004奥运火炬北京传递火炬手确认函"：

> 胡海泉：
>
> 　　中国奥林匹克委员会荣幸地通知您，您已被正式选为雅典2004奥运火炬北京传递活动火炬手。
>
> 　　请您务必认真阅读后附的雅典奥运会组委会和火炬接力活动城市特别工作组有关火炬手必须遵守的规则和条例，并严格执行。
>
> 　　6月8日，我们将请您参加火炬手培训班，回答您可能提出的问题（通知另发）。
>
> 中国奥林匹克委员会
2004年5月17日

6月9日火炬传递日这天，海泉和羽凡下午两点钟就到了集合地点。海泉说，那个火炬重有700克，不很沉，但精神分量很重。这是一生最大的荣耀之一。这天晚上,海泉打电话告诉我,他和羽凡身着统一服装出现在清华大学主楼门前迎接奥运圣火。他们跑了400米,但火炬只有一个。他和羽凡研究了好几套方案,费尽心思精心分配了这400米的路程。海泉说,这次他们传递的火炬将由他们本人收藏。海泉说,大客车把他们几位跑完了400米并交接完毕的火炬手送到各自回归的地方。同车的劳动模范李素丽还找他和羽凡签名留念。他们乘坐的大客车进清华园的时候,羽泉被热情的清华学子们围得水泄不通。警察让他们在车上把窗帘放下来,免得同学们知道他们在车上,车子就无法通过了。这天晚上,我们在央视观看奥运火炬传递的报道,播出了羽泉在清华大学对接火炬的情形。清华大学的同学们热情地喊着:"羽泉!羽泉!"电视还播放了他们奋斗成长的道路,播放了他们北京演唱会的镜头。我打电话对海泉说:"一定要珍惜这个莫大的荣誉,当务之急是做好第五张专辑。"海泉说:"会的!"

海泉回想起在清华大学校园内奔跑的那短暂的几百米,所有画面仿佛清晰得就像发生在昨天一样,在同学们的欢呼和簇拥中,海泉和羽凡高唱着奔跑,珍惜地享受着每一步,每一秒。在主教学楼前,海泉郑重地将火焰传递给了下一个火炬手,一个高大的有些陌生的男生,他英气十足,目光炯炯有神,这张对于海泉当时还并不太熟悉的脸庞,绽放着坚毅而自信的笑容。这个帅气的男生于不久之后用他坚实的步伐给全世界的华人带来了无上的荣耀和自豪!他,叫刘翔。

为庆祝海泉当火炬手，我和他妈妈晚饭时喝了两听罐装的雪花啤酒。

荣幸地当选为奥运火炬手，可以说是终生的光彩。那支圆润修长的火炬，手柄外是朴素的木质材料，向上展开的是银色的太空金属材料，而控制内存天然气开关的旋钮精巧地被安置在底端！啊，太精致了，太完美了！这支

// 火炬手海泉
// 火炬手羽凡

火炬棒是那么值得珍藏！可是呵，可是，海泉和羽凡是一个组合，虽然是两个人，却是被当做一个人那样安排高擎火炬行程的。他们需要携手并肩跑完这段里程。当初被奥组委征召担任雅典奥运全球火炬接力活动北京站火炬手的时候，海泉和羽凡兴奋极了，不仅因为荣幸地作为流行音乐界的代表，更因为听说了火炬手可以拥有的一项权利——收藏自己使用的火炬棒！可惜按照规定两个成员的羽泉只能获得一只火炬，这可如何是好呢？海泉和羽凡总不能把它切成两段吧？北京组委会的朋友们也为他们着急，也不想让他们失望，极力向雅典接力委员会反映情况，就如此特殊的状况提出额外一只火炬的申请，按理说，这几乎是绝不可能如愿的。谁会不想保存自己擎举过的火炬棒呢？天赐机会竟然真的来了，北京站之前的悉尼站中恰巧有一名火炬手放弃了收藏火炬的权利，这唯一多出的一只火炬让海泉和羽凡皆大欢喜，他们终于可以各自捧着"宝贝"回家了！

时隔4年，2008年北京举办奥运会，海泉和羽凡又一次被邀请作为火炬手。

这次我看到的就不是火炬手确认函了，而是一张"聘书"：

聘　书

中祝形字 [2007] 3号

为迎接2008年第29届奥运会，展示中华民族热情友好的精神风范，我组委会诚聘胡海泉先生为本次活动形象大使。

　　特颁聘书。

　　中华大家庭牵手奥运行—'2007 56个民族

　　祝福奥运多米诺骨牌表演活动组委会

　　　　2007年3月13日

　　2008年5月6日上午，海泉和羽凡分别作为第13和第14棒火炬手，参与了北京奥运圣火海口站的传递。他俩表示，当火炬手比歌手更加神圣，更加自豪。这天，海泉起跑后，右手高擎"祥云"火炬，左手不断地向周围的观众挥舞致意。传递过程中，他一直面带笑容、步履轻盈，在完成了自己的路程后，他与羽凡进行了交接。之后，两人激动地击掌并且将手紧紧握在一起，掌声、尖叫声和加油助威声在他们周围响起。2004年担任雅典奥运会火炬手时，海泉是刘翔的前一棒火炬手，他把手中的火炬交到了飞人刘翔的手中。那时刘翔的"飞人"之称尚未叫响，恰是在2004年这届雅典奥运会上，刘翔以12.91秒的成绩平了保持11年之久的世界纪录，获得了奥运会的金牌。相比第一次,羽凡和海泉都感到使命感更加强烈。海泉说，他们祝福北京奥运圆满成功，祝愿中国队取得好成绩。

　　2008年8月8日那天，是北京奥运会庄严开幕的日子，海泉在这一天受邀做客网易谈奥运，他谈了很多有意义、有趣味的内容。我为没能及时听到而惋惜。恰好有一位歌友胡清茹为我全部抄录了下来，我从主持人与海泉很随意很即兴的交谈中，获知了海泉当时内心的许多涌动，我把它摘其要抄录在这里，或许可以还原海泉当时的心境：

主持人许晓：特别高兴能在今天这个特别时刻看见您做客我们的节目，今天8月8日，现在是什么心情？

胡海泉：可能每个中国人都一样吧，这一刻终于来了。

主持人许晓：之前有没有在北京街上注意倒计时的牌子？

胡海泉：会有，当时在北京奥运会牌子立起来时我也在现场，当时觉得我们还有时间，现在觉得时间过得好快。

主持人许晓：早上起来有没有意识到今天已经是8月8日了？

胡海泉：不只是今天早上，今天凌晨一点多，因为工作的关系，我路过北四环，想感受一下北京四环是什么样子。路过奥运大厦时，看到奥运大厦灯火辉煌，我当时想，为了这一天，很多人早已经熬过了很多不眠之夜，昨天晚上尤其是这样，很多工作人员还在做最后努力。

主持人许晓：是这样的，我们知道，之前在5月6号，你跟陈羽凡，羽泉的另一位曾经在海口作为火炬手传递，能不能在今天这个特殊时刻跟我们再回忆一下当时作为火炬手的过程？

胡海泉：作为一个普通的火炬手，其实我们就是很本分地完成了自己的工作。当然，能够担当火炬手这个身份，是很大的荣耀和认可，出道10年以来，无论我们有多少歌被大家熟识，做过多少大型表演，那一刻在街头的感觉……我觉得是最重要的一次表演。

主持人许晓：当时跑的时候顺利吗？

胡海泉：很顺利呀，觉得时间很短暂，在跑步之前，做许多假设和预测，应该怎么跑啊，什么样的姿势啊，到那一刻时，脑袋一片空白，就是跟大家一起欢呼，然后……怎么回事？就到了？

主持人许晓：关注奥运会火炬传递报道时会发现，有很多传递者采用了一些很特殊的跑步方式，我知道有人什么空中一字马，有人跳舞，有人什么的，您有没有想过设计一些特别的花样？

胡海泉：的确没想过，我觉得顺其自然就好了，我们在舞台上就是顺其自然。

主持人许晓：会不会有很多歌迷知道羽泉来了，围观你们传递火炬？

胡海泉：会，除了大家熟识的面孔之外，更多了一份对火炬的热情，双份热情加在一块儿。

主持人许晓：歌迷会觉得我喜欢的偶像在做我喜欢的事情。

胡海泉：对。以前我们表演完以后，在大客车上把帘都拉上，大家安全离开，那天我们传完火炬，在大客车上，一路跟大家一起唱歌、喊口号，所有朋友们都特别特别热情。

主持人许晓：听说你在家里收藏了两个火炬，一个是雅典的，还有一个是北京的？

胡海泉：对，四年前就担任过火炬手，那时候在北京——四年后将举办奥运会的城市，去接力时，我能够代表中国人，代表音乐界的，作为火炬手，当时觉得特别荣耀。

主持人许晓：为什么你老能当火炬手呢？你跟奥组委的谁认识？

胡海泉：我还真的不认识。

主持人许晓：跑得快？

胡海泉：每一次被奥组委朋友们召集，发出邀请，都觉得这是对我们的认可，因为除了作品之外，可能我们在公众面前的形象是很健康的，这点很开心，作为音乐界代表能够做火炬手，可能这是对我们10年的创作、表演的认同吧。

主持人许晓：你们在创作、付出，社会对你们认可，这两个事情是匹配的，你对两个火炬有没有不同的感情？

胡海泉：那当然不同了，第一个火炬是人生很重要的经历，而且是很有限的，是限量版，真的是收藏品。这次祥云火炬意义最重大了，它是我们国家自己设计制造。

主持人许晓：这次国产的好用吗？

胡海泉：非常好，无论是品质还是制造，都是艺术品，拿着它，不仅是奥运的激情，最重要的是作为中国人的荣耀感。

主持人许晓：你们作为两次参加火炬传递的艺人，对于奥运的理解会不会跟别人不一样？

胡海泉：这我倒是不觉得，因为每个人对奥运的理解，不可能百分之百的一样，但作为中国人，在首都北京举办奥运会，奥运所带来的不仅仅是体育的感召力，更重要的还是对我们每一个中国人自信心和自豪感的积淀。

主持人许晓：你觉得火炬跟你的自豪感有关系吗？

胡海泉：绝对有关系，即使我不是火炬手，也会有很强的自豪感。但如果曾经手持过火炬，在那一刻，它是全球唯一的火苗，象征一个很伟大的人类的集体行动，所以会很荣耀。

主持人许晓：一般人会把偶像明星和民族感、

自豪感下意识地划的比较远，但从你们这种积极参与、呼吁、行动的意识来看，越来越多把偶像的号召力和民族情绪、民族自豪感挂钩在一块儿。

胡海泉：有时候作为公众人物来讲，更多是一种社会的号召力，这其实不能自己说了算，但自己能选择自己做什么，比如上次奥运会倒计时一百天录《北京欢迎你》。

主持人许晓：刚才我本来准备谈到这首歌，现在这首歌红得不行，能不能谈一下怎么参与这首歌的创作？

胡海泉：也是奥组委发出邀请，我们当然义不容辞去录，你当然知道会有很多公益歌曲、宣传歌曲，参与制作演唱，是很多的，这首歌我们在录制时就很有特点，很值得回味，所以有些时候，它红，不仅仅是因为我们到处推广，还因为它本身就朗朗上口，易于传播，

// 昨夜我无法安然入睡

而且这首歌也能象征团结吧。

我记得在发布这首歌时,好像也是奥运征歌的颁奖晚会上,我们做表演,当天的表演,出道这么多年来我从来没见过那样的场面,所有人都穿着洁白的衣服,舞台上我看了一眼,站我身边,所有的艺人,两岸三地,应该是华人娱乐圈里,能看到的面孔,该看到的,都在了,所以它就是一个团结的象征。

主持人许晓:我发现你是一个自豪感很强的人,可能跟奥运相关的确容易诱发出人心底的那些平时不好意思说的话,因为谁都不好意思满大街嚷嚷我多爱国,但这种感情在你心里,只不过因为你的社会号召力,又有一个好的示范平台。到了8月8日这个最后的时刻,咱们可以总结一下,回头看一下,为奥运这一刻的到来你都录过哪些歌曲,除了《北京欢迎你》,还有吗?

胡海泉:还有一些现场演唱,之前官方发表了一张奥运的歌曲专辑,相对来讲集合了无数人心血的,虽然最后入选的可能只有十几首歌,但它代表了无数人参与的工作,这是大家凝聚出来的一张唱片。我们跟韩红一起合唱了一首歌《为生命喝彩》,除了更多给残奥会的运动员鼓励之外,我觉得它从某种意义上也超越了体育,是一种很人文的概念,去歌颂人性，为生命喝彩。

还有一首歌是我们自己创作的，之前跟羽毛球教练李永波。

主持人许晓：刚才来到我们这儿的是羽毛球教练吉新鹏。

胡海泉：和他一起合唱了一首歌《中华力量》。

主持人许晓：李永波总教练唱歌怎么样？

胡海泉：我觉得他唱得很好，无论是音色、音高、音质，都应该是……

主持人许晓：那你们成了他老师

// 羽泉与李永波

了？教他唱歌。

胡海泉：谈不上老师，互相切磋吧，而且他也很认真，这首歌制作完成时，其实他也没有太多时间参与，我们一定要赶在半年以前完成，从那以后他就开始带着所有运动队队员们备战，我们觉得用歌曲去加油固然好，但给他们更多谅解、更多空间，我觉得更有意义。

主持人许晓：两个小时前，田震大姐做客直播室，我们跟她聊到奥运会大家关心的主题曲的问题，奥组委刚刚发布演唱者刘欢和莎拉布莱曼，刚才田震大姐猜想刘欢唱歌，估计是走美声路线，你对主题曲有什么猜想？

胡海泉：其实明星阵容，足以代表中国人的概念，刘欢大哥无论从哪方面讲，都足以代表中国歌手，跟莎拉布莱曼的合作也能代表奥运会这个全球的概念，从曲风来讲，没有听到时真的不好预测。

主持人许晓：在大家印象中，可能刘欢比较粗犷。

胡海泉：刘欢大哥曲风其实很宽广的，而且他的演唱技巧，各个方面的风格都可以演绎，我只是觉得更有趣的也许在于女歌手用中文演唱，不是用母语，刘欢大哥也可能用英文演唱，这种互动，是一种文化的交流，一定会很好听的。

主持人许晓：猜想一下，如果20届奥运会邀请你去唱歌，你会唱什么歌？

胡海泉：不知道。

主持人许晓：还是根据奥组委的安排？

胡海泉：每个人有自己的擅长吧，如果真的让我有机会，比如用我的乐器、用我的方式演唱，我觉得它也能代表很多人的感觉，不仅仅是一个人。

主持人许晓：我想问问，作为球迷比较关心的是中国队，还是有自己喜欢的球队？

胡海泉：当然希望中国队能有好成绩了，但有些时候，像足球这样的相对弱项，我们也不能强求一朝一夕就提高到哪儿去。不过就像昨天说的，虽然他们踢的不让你百分之百满意，但还会看的，因为毕竟是中国队。

主持人许晓：毕竟是代表中国比赛，是中国健儿在赛场上加油，我们的心也会跟队员们在一起，不由自主地为他们欢呼、加油、鼓劲！有没有自己喜欢的运动员？

胡海泉：很多了，比如在英超踢球的郑智，我觉得现在来讲，他在国奥队算是一个稳定军心的大哥，当然还有很多，大家都很喜欢的，跳水运动员啊，体操运动员啊，刘翔，其实明星运动员有时候担负着更大的压力，我们说越多喜欢他的话，对他的期待越高。

主持人许晓：特别是刘翔现在担负的胡海泉说的压力是挺大的。最近关于他的新闻特别多，就是因为记者盯他盯的特别多。

胡海泉：作为一个优秀运动员来讲，当然他的心理抗压能力会很强，但有些时候，抗竞争压力和抗亲情、友情的关怀、期望是不一样的。

主持人许晓：你自己体会，作为压力方面，有什么压力是你感觉特别大的？

胡海泉：就像刚才说的，我们做一场演唱会，技术上的压力，比如对音响的要求，对演奏、排练的要求，比如今天有很多人把希望寄托在我身上，我一场演唱会凝聚了他们的力量，那种压力很难释怀。

主持人许晓：其实人还是对自己的表现有要求，有喜欢自己的歌迷，在乎这些喜欢自己的人，就会有压力。

胡海泉：但作为运动员来讲我觉得他们真的很不容易，因为演艺舞台没有绝对的标准，对于竞技场来讲，标准其实很简单，好就是好，就是越高、就是越快、就是越强，没有办法，一秒钟，半秒钟。

主持人许晓：影视作品不一样，两个电影都是好电影，但不能说谁比谁更好，很难比较，比较主观。

胡海泉：所以对我们特别喜欢的运动员来讲，

大家不要把所有的希望变成给他们的压力。

主持人许晓：网易也特别同意刚才胡海泉说的话，不要因为爱他而给他太多压力，给他过多关注，这样反而会导致他特别紧张。

胡海泉：对，哪怕没有百分之百的结果，但我们相信他是百分之百努力就好。

主持人许晓：我知道你有大型演唱会的经验，鸟巢也是一个大型表演，你对这个大型表演有什么猜测？它可能会是什么样的演出？根据你大型演唱会的经验来看。

胡海泉：这个，我相信张艺谋导演带领的导演组肯定会让大家有很多意料之外的惊喜，意料之中，肯定能体现出上下五千年的传统文化，这是一种自然行为，但在运用高科技方面……

主持人许晓：声、光、电，各种手段。

胡海泉：我觉得这是现代奥运会开幕式上应该使用的，我相信他们已经在用了。

主持人许晓：您原来有没有看过其他国家开闭幕式的演出？

胡海泉：我印象里，从88年之后，我的印象更深刻一些，20年前。

主持人许晓：印象最深的是哪一场？

胡海泉：就是当时的汉城奥运会。画面里清晰记着，在主表演台上四个韩籍歌手唱着英文歌曲，下面不同肤色的人跳着自己民族的舞，一个大家汇聚的画面。

主持人许晓：大家开心地在一起，很纯粹。

胡海泉：虽然有些时候开幕式长达两个多小时的入场式，看上去好像挺单调的，一个人走进来什么的，但大家都会进去看，为什么？因为在那一刻能感受到地球观。

主持人许晓：我们在一起，大家都是地球人的这种感觉。韩国的汉城奥运会给你比较深的印象，其实就我个人而言，倒不是奥运会给我特别深的印象，我想是亚运会，我们国家的熊猫盼盼，那次亚运会的《亚洲雄风》，后来有些电影作品也表现过当时的情况，北京的孩子去跳集体操，天天翻牌子，《亚洲雄风》那首歌真的很红。

胡海泉：所以有些时候很棒的舞台给一个作品，但有些时候作品本身也能超越那个舞台，这就是作品本身的力量，我觉得《北京欢迎你》这首歌应该能超越。

成为两届奥运火炬手，当然是海泉和羽凡值得骄傲的事。还有一件事，我觉得更值得他们自豪，这就是2009年11月17日作为国内歌手代表在国宴上为访华的首位美国黑人总统奥巴马的激情演唱。

在这次演唱的前一周，我和老伴到达北京。因为我们听海泉说，难得这一段时间不会离开北京。以往我们要去看他，他很少能安稳地待在北京，在全国飞来飞去，成了真正的空中飞人。只有这一段，他说不外出，可以到北京一聚。

北京城刚下过雨，地面是湿的。按与海泉约定的，我们走过车站的过街天桥，用手机联络，没到一分钟，海泉就把车开到了我们身边。海泉提前两个小时就出来了，唯恐误了接我们。他在附近一个地方等待着。

车上，海泉说了他们最近不能离开北京的原因，他们推掉了包括央视"欢乐中国行"的两场演出，因为有一场更为重要的演出任务。这场演出的重要性，不能在电话里讲。央视"欢乐中国行"剧组找到了他们的公司——华谊兄弟音乐公司的音乐总监袁涛甚至上面的老板王中军，他们也无法解释为什么推掉了与央视签订了合同中的演出。这种违约是要罚款的，关键还不是罚款的问题，是临时无法换人弥补的问题。央视就责怪。责怪到最后，中办出面讲话了。中办就是中央办公厅。中办给央视打电话，解释了，羽泉接受了重要的演出任务，但具体是什么演出仍没有说。后来我们才知道，这是美国总统奥巴马的亚洲之行，到中国访问，将与胡锦涛主席会谈。17日晚，胡锦涛宴请奥巴马，有一个重要的伴宴演出，共35分钟。这场演出的总导演是央视著名的导演王冼平。我知道王冼平不是一般的导演，她1983年就到中央电视台文艺部任导演，连获10届中国电视星光奖。1996年出任中央电视台《旋转舞台》制片人、主编。她执导过多部文艺节目及晚会，曾做《1988年春节联欢晚会》的副导演，参与了汉城奥运会开幕式举办的14国电视联播《空中彩桥》，建国45周年大型文艺晚会《祖国万岁》，1997年香港回归大型电视报道活动。在选节目的时候，有一个节目是压轴的，由蓝天幼儿园的孩子们演唱《我和你》，考虑到两国元首在吃饭时让孩子们演唱节目，元首会不忍心，或是分量不够重，遂改为首都大学生演唱；后来又觉得大学生演唱不够专业，要找专业歌手。王冼平提出由羽泉和大学生合唱团一起来演唱，她认为羽泉的形象是健康向上的，

// 羽泉与美国大学生们在一起

艺术表现力也好。她的建议很快就通过了。导演组2日通知羽泉来审查，这时羽泉正在外地有演出活动，因为他们来演唱，又增加了一首难度较大的英文歌。

有的领导提出需要演唱一首美国歌曲，用英文演唱。导演组把选歌的任务交给了海泉。海泉在网上查得奥巴马喜爱的一位美国歌手——史蒂夫·旺德，他唱过的歌曲有200多首。怎样可以筛选出更为合适在这种场合演唱的歌曲呢？海泉挑选了一首唱友谊的歌《那就是朋友相处之道》。这首歌很快就被审查通过。这首奥巴马总统喜爱的歌手原唱的美国歌曲，由羽泉演唱，同时和他们一起演唱的还有首都包括清华、北大、中国传媒大学等多所大学的学生合唱团及正在北京语言学院学习的美国留学生合唱团。羽泉咬文嚼字地把英文歌练了一下，参加了审查演出。有关领导到现场审查，审查时，有专家在现场工作，比如美国歌曲吐字如何更标准，给予现场指导。要求演员在17日前不能离开北京，有可能还要在酒店集中吃住。

我从海泉那儿看到一份《11月8日伴宴演出审查节目单》，主持人：刘欣、芮成钢，演出时间11月8日19：35—20：36，演出地点：人民大会堂小礼堂。节目时长：35分钟，主持人的主持词占5分钟，共40分钟。这个节目单是这天审查的节目，但在最后演出时又有所变化。

参加审查，海泉和羽凡原来设想穿一身白色西服，但为了更活泼可爱，改穿了休闲装。

海泉说，第一次审查和第二次审查的节目有变化。原来是董卿主持，后来可能是董卿"欢乐中国行"主持脱不开，还是为了主持人的英语更好些，选了央视国际频道的两位主持人刘欣、芮成钢。

我说到海泉博客上有一博文是对奥巴马当选诺贝尔和平奖的评论。是奥巴马访华前一个月即2009年10月11日写的。海泉说，这篇博文在人人网上阅读量很大，海泉自从担负给奥巴马演出这个任务后就把这篇博文删除了，免得引起误会和麻烦：啊，中国为什么让一个对美国总统有看法的歌手来参加欢迎演出呢？其实，这篇文章并未对奥巴马有什么不敬，只是对这个奖项落到奥巴马的头上有看法。事情过后，我们再来看看海泉这篇博文，标题是《奥巴马获得诺贝尔和平奖？！搞笑！》：

> 新闻里报道奥巴马获得了2009年度的诺贝尔和平奖，听到这个消息，我觉得有些搞笑！一个刚当选没到一年的美国总统，撤了几颗中亚的导弹（改用其他的办法遏制俄罗斯人）、不再强词夺理大声骂南美北韩和北非的领导人（让美国总统回归讲礼貌的形象而已）、说了几句要从中东撤军的承诺（撤不撤，他说了才不算呢！），就得了个全世界都"信得过"的和平奖，真是不知道缘由为何啊？
>
> 是当今这个世界实在没有其他大仙可以致敬？

是他的前任实在令人厌恶，厌恶到了接替他的人倍显可爱？

还是，选秀做秀一片红的全球化文化生态环境下"超级红人"胜者通吃？

总之，我个人认为，颁给他恰恰证明了这个奖项设立规则的"无厘头"，让科学界默默奋斗而为全世界做出巨大贡献的人类精英科学家们和这个"和平奖"一起颁发，真是委屈了他们，我无语了……

我未必苟同海泉的观点，但作为一个有自己独立见解和责任感的中国青年，关心国际大事，而且做出自己对这个世界的回应，这并没有什么错，而且他的言论也只是一家之言，只代表他个人，既不代表国家，也不代表别的任何人。这是我们期待看到的公正和文明社会应有的景象。我想即使奥巴马总统本人看到海泉这篇博文，也不会对海泉心生怨恨吧？

奥巴马访问中国，这是全世界睁大眼睛关注的事，在我们央视的新闻联播中，被安排到后面，前20分钟里面竟然没有这条人人都关心的消息。前面有追悼谷牧同志的报道，有习近平副主席在一个国际性的会议上和李克强在一次会议上讲话的报道，有学习科学发展观的活动的报道，这就是我们在宣传上的一种规格、一种方式。

11月17日晚上9时左右，海泉打来电话，他刚从人民大会堂出来，自驾车在回家的路上。他的车号提供给保卫部门，车可以开到人大会堂的停车场内。他说，今晚演出很成功。在原有的节目里，增加了一首廖昌永演唱的美国歌曲，其余没有变。他们与中美大学生合唱团的演唱非常青春、活跃，受到了热烈欢迎。

据国家文化部的同志后来告诉海泉，奥巴马总统在观看羽泉和中美大学生合唱团演唱的时候非常兴奋，用双手拍击着桌子，应和着歌曲的旋律。

整个演出结束后，胡锦涛主席和奥巴马总统上台与演员们握手合影，羽泉在前面第一排，与两国元首握了手。国家文化部的领导握他们的手说：你们的表现很优秀！演出之后，他们与晚会总导演王冼平拥抱，共同祝贺并互致谢意。我打电话向海泉表示了热烈的祝贺！

海泉说，很高兴有为国家服务的机会，很感激给我们这样机会的人。

第二天一早，我没有出去散步，打开了电视，看到中央电视台新闻频道的"朝闻天下"，第一条消息就是胡锦涛主席举行宴会欢迎奥巴马总统。演出的镜头里，多次出现羽泉，海泉一身白衣，羽凡深色衣服，他们在中美大学生的前排领唱。看到这里我非常兴奋，忙着打电话告诉耀宗兄、英宗弟和惠芬、惠君、惠萍三个妹妹。

而后，我接到许多朋友的电话，如汤炀、李光祥、宋世琦、刘梦岚、白晓明、汪诚、吴丹、姜宝才、于连胜等，都是因为看到了央视"朝闻天下"或"新闻30分"的电视报道，为海泉参加接待奥巴马的演出而高兴。在邮箱里,也有朋友的邮件,如朱亚南、关蓉晖、邓荫柯、刘妮等人。

在香港的一个媒体报道中,言及奥巴马握着海泉的手,说:"我喜欢你的声音!"我看到这条消息,打电话问海泉有这码事吗?海泉说是的,奥巴马就是这样说的,用英语说的。舞台前排海泉身边的人都听到了这句夸奖海泉的话。

凌晨两点多,突然醒了,想到海泉他们为奥巴马访华的表演带来的欢欣,应该让海泉有更清醒的自觉,以便走好今后的路。我写了几句话用短信给海泉发到手机上了,标题是《老爸的叮咛》:

> 巨大的殊荣,
> 事业的巅峰,
> 是奋斗的结晶,
> 也是"天上的馅饼"。
> 幸运一时,
> 却荣耀终生。
> 欢庆的时刻要冷静,
> 享受的同时须清醒。
> 感恩的心时时在跳动,
> 前面的路更要看得清……

我引用好友、《文艺报》总编辑范咏戈赠送的文艺评论集《化蛹为蝶》中的一段话："艺术家应当在一次成功后尽快缩短随之而来的'兴奋期',躲到'众人寻他千百度'却寻他不到的'灯火阑珊处'去。"我对海泉说:"我把这话赠给你,当然像你这样的公众人物,不可能躲到哪儿让人寻不到,但'缩短兴奋期'的提法很妙,是值得记取的。"

我数了一下,截止到 2011 年 5 月 11 日,羽泉在北京及全国各地共做了 32 场演唱会。乐评人这样评论他们:

"在他们的音乐中,通过年轻人锐利的感觉视角,传达着敏感灵异的音乐触觉和明亮奔放的人生体验,这样的音乐有时就像我们灵魂深处遗失的幻想。美丽的旋律像水流一样倾泻出来的时候,在清丽空灵的音乐氛围里,高亢忧郁的旋律,带着透明的无孔不入的宛转——如同梦想,接触的同时,体会着破碎;如同爱情,激情的当场,散发着忧郁。"

"'羽·泉'踏歌而来,带着青春特有的奔放不羁与自由烂漫。"

"他们像我们一样'也爱过被祝福也恨过被辜负',一样是'用瞬间的领悟驱赶一生的哀愁,

// 北京圣诞夜演唱会海报

用片刻的幻想筑起心灵的阁楼'的好朋友。在一些相通的灵魂里面，美丽的音乐与美丽的感悟生生不息。让我们聆听'羽·泉'音乐，关注'羽·泉'的成长。"

"羽泉的出现，填补了国内男子二人演唱组合的空白，两人自编自唱，创作了《最美》、《感觉不到你》、《叶子》等一批优秀的作品。他们还响应联合国儿童基金会的号召，参加了六·一慈善演唱会的筹款活动，为西部贫困地区的儿童提供第二次机会。"

"羽泉是1998年以来内地唱片总销量最高的歌手，具有内地唱片销量之王的称呼。前6张原创专辑和一张翻唱专辑，总销量高达645万张。"

…………

有一回，凌晨时分，我们与海泉谈得很多，我谈到2001年时84岁的上海音乐教授周小燕常问她的学生一句话："你无懈可击了吗？""你无懈可击了吗？"这是这位著名音乐教授的口头禅。我希望海泉也能经常用周小燕教授这句话拷问自己。

海泉有自己清醒的认识。有一年，他和黄征在春节后去东非肯尼亚旅游采风。他在这次旅游采风的2002年3月24日日记中说：不要把做了一点事情当成做成了事业。不要把取得一点成绩就当成了成就，那只是一个深潭的几丝涟漪……在这里，他很较真两个词："成绩"和"成就"，"事情"和"事业"。我并不认为他是在无聊地咬文嚼字，而是融进了自己人生的体验和深深的思考,对进取有宏伟的设想,表明他的志向是远大的,不会为眼前渺小的胜利和些微的成功模糊了视线,他并没有停留或满足于眼下已有的成果上。这一点令我感到欣慰,对此我向海泉表示了称赞。

令我欣慰的是,海泉能用清醒的头脑面对属于自己生命的每一天甚至每一刻。他总是把正在进行的时刻与整个生命的长度连接起来。

// 谁不想追求完美
// 等待夕阳染红了天

他这样反省和警示自己:"我想每个人的人生大体也是如此——今天,在我们狂欢或失落的当下,冲动或淡定的此刻,我们不自觉停停走走的生命之旅的这一步,终将给我们存在过的世界留下定格的画面,不用底片或胶片,这所有的发生都会在未来的某一刻映入回首的眼帘。未来的我们会看到自己用当下的每一秒绘成的生命星图,有的星光尤其灿烂耀眼,有的暗淡得忽隐忽现,我们习惯性地将几颗最耀眼的星星圈成臆想出的星图并称之为星座,其实星座中的每颗成员之间都相距遥远。我们以为自己定义的星座可以代表人生之轴,甚至匆忙地定格自己,给自己的固执一个宿命的理由。但,我们每一秒的生命都千变万化充满了未知的可能,抛开自己靠臆想绘成的星座

// 在丽江

图,将会看到更多宝贵的星光,发现更多琐碎而可爱的回忆,为转瞬即逝的当下保留更多选择的可能,并理所当然地享受未知带来的欢愉。人生之光如果连自己都无法照亮,又怎可妄想照亮别人……"

记得海泉小时候,大约是上个世纪80年代的初期,我们家里的写字台旁,悬挂着著名书法家聂成文应我之索求书写的一个条幅,是鲁迅的名句:"不满是向上的车轮。"没想到二十几年后,我在海泉的随笔本上读到了与之相关的议论:

> ……今天睡了整整10个小时,是我近一个月来睡的最多的一天。之前为了"十又二分之一"黄金10年演唱会的筹备工作(排练,策划导演,以及最后的表演),几乎每天只睡5个小时。27号的演唱会结束后,我们又开始了马不停蹄的表演,这几天奔波在飞机和公路上的时间,平均每天6个小时,疲惫怎堪负荷呢?昨天早上从兰州搭飞机和坐车到安徽的宁国,表演结束后再乘车到江苏的张家港,一天内花在路上的时间将近13个小时,于是,今天竟然睡了10个小时!想起欢哥唱的"你也太累了,也该歇歇了……"唉,自哀自怜有啥用呢?这半个月总共有10个城市的表演,我是没有勇气和资格推辞的,况且想到,会见到更多不同城市"羽·泉地带"的朋友(很多地方的朋友已经很久没有见到

了！）也就平衡了。为了新的作品，为了10年系列活动，为了年底发行的产品，为了EQ公司一大票人的生计，为了筹办跨年演唱会，想必还有很多"艰巨"的任务等着我呢！鲁迅先生说"不满足是向上的车轮"。而我，尽管已经很满足，但还是停不下自己这奔波的"车轮"，总想留下更多耐人寻味的轨迹，待来日重温……如果，不满足是向上的车轮；我想，满足更是医治因奔波而迷惘的良药；我不要疲惫的"满足"，也不要迷惘的"不满足"……

海泉和羽凡曾在他们举办上海演唱会的期间，在观摩演唱会之前，安排两家的四位长辈去著名的周庄旅游了一次。我在日记里写下了一篇游记。我写的只是风光的描述，可是当我看到海泉去周庄的游记时，立即反思了自己的麻木和浅显。海泉的思想是深邃和犀利的，他在游记中写道：

因为今天晚上在苏州表演，于是忙里偷闲来了个"姑苏一日游"，到喧闹不堪的周庄走了一遭。看到那已经被不太高明的商业氛围笼罩和吞没了的美丽水城，真觉得有些遗憾，这再一次证明了中国的那句古话——人怕出名猪怕壮！陈逸飞先生在醉心为这个小镇涂抹《双桥》美景的时候，一定不会预料到，他的画作不仅将会给这个小镇带来名传千里的美誉，与那可怕的名誉伴随而来的更可能是一种文化环境和自然人文生态的灾难……今天，我到了一直向往游历的周庄，它就像个传说之中倾国倾城、因纯漱而著名的美女，为了接纳四方而来的看客，笑容已经疲惫，装容好不做作，那出名的"纯漱"也已经成了为"铜臭"而"纯漱"的自取其辱般的标榜……现代中国人的智慧，可不可以少一点点运用在那些只能赚"快钱"却亏待了"未来"的事业上呢？！

"海泉是个擅思考、有思想的孩子！"我在

// 祝爸爸生日快乐

读他的日记和随笔，或与他聊天的时候，会经常发出这样的感叹。清醒，力求清醒，是海泉令我满意的一种精神状态。

海泉在艰难的时候能自己给自己增强信心，看到前面的曙光。他与羽凡签约公司后，很快中断了酒吧的表演，这种收入没有了，而公司发给的租房补助也没了，海泉一时手头用钱紧张，他这样写道："公司发给的租房补助到这个月没了，有点烦，需要解决这个问题。试想他日致富后回想这因一千多房租发愁的日子会是什么感觉？""和房主商量，１０月搬去别处，这个月希望能找到一个更适合自己的住处，不知这种漂泊的感觉何时到头。经济较拮据，应该是暂时的吧。"

在初战告捷的日子，他提醒自己："《最美》已经开始打榜，不知在京及外地的成绩会怎样？今天新买的《音像世界》信息栏也报道了羽·泉消息，说'会给中国乐坛带来不小的冲击'，看完真有点虚伪的自豪。同志仍需努力，一切顺其自然。""(1999年) ８月１３日生日很值得纪念，在济南与华健大哥见面，拍照，并结识了台湾乐坛大大有名的前辈——洪敬尧、郭家韶、世铮、WMT、李琪等老师，在最近距离观摩了华健济南演唱会，受益匪浅。回京后，８月１５日参加何炅的'相聚文艺台'FANS见面会，唱了三首歌，其他歌手还有海心等人，演出后被世纪剧院门口的FANS包围，又签名又拍照地一顿折腾，但一想刚出道一个月就如此受欢迎，再辛苦也值得，做合格全面艺人，还需努力修炼。"

海泉记述了1999年９月２２日晚在北京火山GISOO的

北京《冷酷到底》首发及歌友会的感受，他说："很令人难忘，专门赶来的歌迷挤满本来不小的空间，最难忘结束前全场清唱《最美》的片断，几千人合唱的声响几乎震破了耳朵，心里有一种很难言明的幸福。"接着，他开始了思考："最近这段闲暇时刻，应该是自己冷静思考的时机。未来如何把握，方向在何处，有些朋友远了，是不是我的疏忽？"他写道："也许该每天记一记心思所得，生活不应浮躁，却也不应是沉寂的。"

海泉理性的思考，总是能给自己敲一敲警钟，且看他这篇日记："昨天写了新歌《听飞鸟谈》，最近状态较好，虽然因房子事情有点烦，但心态较平和，近期应该多写些东西。多审视自己在行内的新地位，更冷静、更认真、更有责任感地完成每一件事情，无论是羽泉的工作，还是和其他歌手的合作，如此精心地投入，才有可能在两三年内在圈中巩固自己的地位，充实自我实力，不必要的无聊的事情尽量少参加一些，应多读一些作品。"一个多月后的一次表演之后，他这样写道："睡不着，长沙的雨连绵，今晚参演金鹰电视节的巨星演唱会，同台刘德华、林忆莲、王力宏、李泉、丁薇、金海心、BOB，不知几年后我们中的哪些人还会在舞台上聆听喝彩？"

从默默无闻到家喻户晓，仅仅一年多，羽泉之名就因曝光率的火速提升而声名大振。在这样的环境和状态里，海泉是怎么想的呢？他当年的日记记得清清楚楚：

回首这一年来的路，经历着人生中的剧变，每一次的表演，每一次的访问，无数在飞机上消磨的时光，每一张向我微笑的年轻的脸庞，我们的"艺人表演"愈见成熟，几万人的体育场表演已成家常之事，这些是我们必经的考试吗？它们真正是属于我的生活吗？长久以来，疏而沟通自我，创作状态后置，新买的设备没时间磨合，存款日进斗金，是成功的证明吗？走在街中被指认或包围是成功的证明吗？——应该不是。完成一次透明的生命体会才应是成功吧。自信源于自我满足，然而外来的虚无的光荣真的可以令我满足吗？——最终是不会的。但，看到家人的骄傲的笑容，是令人满足的，听到朋友的赞许（真诚的）是令人满足的，现在的处境利于我裹有自信的生存状态，让我心中会不断展现或华丽或单纯的期许，实现梦想的过程应该是很美的经历吧，固有的隐忍主义的乐观，我想也应该值得被赞叹。

海泉这样回顾曾经走过的路，这样理解和体会艰辛与快乐："如果让我重新走过我的音乐成长之路，我将无悔地快意自由地再经历那些质朴的童贞，那些源于流行音乐最初的心灵震颤，那些同好友歌弹笑骂的青春冲动，那些初尝甘甜的柔情蜜意，还有那些独自与音乐对话的不眠之夜，更有那些和羽凡一起打拼的创业历程……世间的快乐总是源于生活的辛劳与苦痛，而这一切的辛苦又何尝不是一种快乐？就让辛劳与痛苦化作一丝顽皮的微笑吧！"

羽泉的歌里，有两首我格外喜欢，一首是《桃花源》，一首是《归园田居》。大多数歌迷是喜欢这两首歌优美的曲调，或者前一首里把陈羽凡和胡海泉两人的名字诙谐地植

// 歌唱人生向上路

入歌中，令人感到一种说不出的美妙的默契。其实，在前一首歌中荡漾的悠闲的情调，不知是词家金放为羽泉的曲调填词，还是羽泉根据金放的词作谱曲，那种入世与出世的淡然与超然态度，正是海泉所追求、所向往的：

前世一杯水　君子未相见
枉做了凡人百年
看他乡千张脸　若有缘不擦肩
换得今朝面对面

无意间轻描淡写小悠闲
掏出心中地与天

谈笑间情谊无边　任月光舞窗帘
恍如遁回桃花源

忘却了世间的尘与烦
想起了心中的湖海泉
真情他哪儿来的借与还
邀得一壶清酒浓半山

再多沧桑还是尘与烦
再多风雨换来湖海泉
经推窗望月独自参
今日秋寒朋友知冷暖

记得我在青少年时代，阅读和背诵陶渊明的《桃花源记》和《归去来辞》，特别的喜欢。那时候，在上学和放学的路上，经常放声地背诵着："归去来兮！田园将芜胡不归？既自以心为形役，奚惆怅而独悲？悟已往之不谏，知来者之可追；实迷途其未远，觉今是而昨非。""已矣乎！寓形宇内复几时？何不委心任去留？胡为惶惶欲何之？富贵非吾愿，帝乡不可期。怀良辰以孤往，或执杖而耘耔。登东皋以舒啸，临清流而赋诗。聊乘化以归尽，乐夫天命复奚疑？"那个时候，觉得迷途的桃花源和归于田园故居的舟楫都是非常遥远的美丽图画，随着生命的前进，随着时光的流逝，逐渐对陶渊明作品中蕴含的深义和大义有了刻骨铭心的理解。所以，当我听到海泉他们演唱的《归园田居》的时候，立即有了一种共鸣：

再翻一座山　渡过一条河
就是外公外婆的村落
喝一口泉水　唱一支老歌
看那袅袅炊烟舞婆娑
采一朵野菊　插在你酒窝
酿出牛郎织女的传说
吹一首牧笛　暖在你心窝
看那斜阳　笑山坡
为了什么才离开　又为什么而归来
故乡是永远能给我原谅的胸怀
要走几段路　犯过几个错
才明白自己想要的太多
要恨几个人　伤过几次心
才了解为了爱要怎么做
一座城市　又一座城市
才知道流浪的路多颠簸
一次成功　又一次坎坷
才懂得陶渊明先生的快乐

这首歌的歌词是这样的简洁和明了，可是其中的寓意是

// 忙里偷闲去旅游

何等的深邃！这首歌，仍是海泉的一种追求，一种向往，一种希冀，一种期盼。我在海泉本子上记录的一篇感言，窥见了海泉内心翻滚的波澜：

"归园田居中的闲适，恬淡，静谧，千百年了，一直徘徊在中国人的心灵幻想之中，挥之不去。历史中的现实，现实中的历史，无论是数风流人物或者看草根庶民，无论是经历战乱的动荡还是历经盛世的太平，每个人心中都有一片桃花源。它仿佛成了穿越时空永不过期的中国人的集体心灵安慰剂。人生不尽如人意时，那一片'采菊东篱下，悠然见南山'的田园就若隐若现地召唤着我们回归自己血脉里铭记的心灵家园。

"有多少人能够在功成名就的巅峰时刻选择华丽的转身，退隐江湖；又有谁能够做到即使身处市井的喧嚣，依然可以随时随地从人生的百态里回归生命初始的原态，回归童真般的懵懂？陶渊明和李太白还有苏东坡这些老先生们，不也是在历经各自现实人生中一次次荣华光耀又一次次落寞黯淡后，才走向终极的豁达，才获得灵魂和灵感的双重自由，既而流芳千古。

"身体的流放地，往往成为心灵的乐园，这种乐观精神是中国人坚韧并且淳厚的性格使然。所以谁都不能说我们传统宗教的世俗化和信仰活动的民俗化就是集体精神生活浅薄的象征。这一点，恰恰彰显了我们这个民族达观开朗的可爱天性。尽管陶渊明只有一个，可是，拥有陶渊明一般生活智慧的中国人在市井或乡间到处都是，只是他们不会写诗罢了。所以，中国人往往不把陶先生当成文坛巨匠一样的崇拜，却把他当成一个可以推心置腹煮酒畅谈的老朋友，即使是那些历朝历代的文坛巨匠也是一样。

"每个中国人心中其实都有一片田园，每个中国人其实都擅长陶渊明的那种从容的微笑，当然，我也相信，美国人也都是吹着口哨的惠特曼，咱们地球人这几百万年就是靠这样的微笑活下来的。话说的太大，题扯得太远，甚至我的立意有些自相矛盾，没关系，我只是想说、现代人啊，就算我们过得再现代，我们也是人，别忽视我们最原始的天性，愤怒或压力太大时闭目养养神；失败时念念田园诗；要得到的和将失去的，若我们计较不清，索性就关掉心里的那个计算器，回到我们的桃花源去享受一会儿清净，让天空洗洗自己的眼睛，让乡谣洗洗自己的耳朵，不问名利成败，独享清朗的心境。从苦行中跳脱，是我们必经的智慧修行。现代的陶渊明们，我们都行！"

海泉是知道给自己这台车加油打气的。他有勤读书、勤动笔的好习惯。他喜欢读钱钟书、林语堂、余秋雨、余光中、北岛、顾城等人的书。他喜爱的作家的书，都要买到手，反复阅读并珍藏。

我随便翻我的日记，就会看到一些与海泉谈读书的内容，比如：

"上午与海泉聊天，聊了两个多小时。他向我介绍美国克里斯·安德森的《长尾理论》，《免费——商业的未来》那本书也是这个人写的。我看了这本书，书的勒口有这样的话：'你可以把书架上的新经济书籍清除一空了，有《长尾理论》足矣！'""如果每一个人都能得到每一样东西，这个世界会怎样？如果数百万种冷门产品的总价值超过了寥寥几种热门产品的价值，这个世界会怎样？"在《免费》一书中说："'免费'——不是一种左口袋出右口袋进的营销策略，而是一种把货物和服务的成本压低到零的新型卓越能力。"

// 演艺路上常"充电"

"从书架上找到海泉博客里写到的一本书——《中国不高兴》。海泉说这是一本激进的民族主义的书,也是一种声音。海泉读完书写了篇博客,标题是《中国不高兴,中国人高兴》……"

我觉得海泉诸多的好习惯中,喜欢读书和动笔,是特别好的两个习惯。这是他从小养成的。海泉小时候就喜欢一个人静静地读书。功课之外的书籍,他读得很多。离家外出闯荡的这些年,他似乎也离不开书。在飞机上,在酒店里,在演出现场化妆间,在家睡觉之前,他都要拿出书来读。我在他四处游走的背囊里,总会发现他在读

// 沉醉于书

// 怀抱对幸福爱情的憧憬
// 当评委

的一本或两本新书。这些书并不是为了消遣才读的，都是他有计划在读的。他曾说过："每天好像都是浮躁的，阅读确实能够让人平静。但凡我有一段时间，比如一两个星期，没时间读书，那肯定浮躁了。如果能够进入思考的状态，那一定是看了书了。"

海泉做什么都是认真的，他心存正义，为人正直。有一次他在一家电视台为一个选秀节目当评委，竟遇到了意想不到的麻烦。

那天晚上在某个城市的某个剧场里开始了某卫视同步直播的一档电视选秀节目的十强总决赛，而海泉和羽凡作为这次电视歌手选秀活动的合作伙伴公司旗下的艺人，出席并担当专业评委，与其他选秀节目大同小异的比赛流程按部就班地开始了：PK，评判；PK，评判；PK……由于这个比赛的报名活动只是在某一个省内举行，参赛歌手也没有性别限制，加之从这些年轻歌手的舞台形象和歌艺舞艺表现来看，他们和制作单位都没能做到最好的准备，因此导致所有歌者的表现都乏善可陈。但是，毕竟他们还是初出茅庐，临场发挥不一定代表他们的真正实力。所以海泉他们作为评审的发言尽量简短，很严谨地指出歌手的某点不足，更多的还是鼓励。其实，海泉也非常非常的了解这群追梦的年轻人在此之前已经付出了很多的心血和辛苦，也完全能理解他们此刻身上所承载的巨大压力。可这毕竟是一个要得出谁走、谁留的结论的决赛，于是，专注地聆听每个人、每一秒的歌唱，并马上经过比较，给出对得起所有参赛者的评论和决定。这时，令海泉意想不到、哭笑不得并且愤懑不已的事情在比赛进行到尾声的时刻发生了！

一个在比赛中演唱卜有明显失误的女孩被评委送上了"待定席"，人们都被各种选秀节目训练得明白这个环节是什么意思了。而在她之后演唱的其他选手都表演得相对完整。于是，她在"待定席"上等待的时候可能已经预感到自己就是那个即将被淘汰出局的人，情不自禁地哭了起来，而且她也告诉评委和观众她最近一直生病，在坚持比赛，所以没有上佳的表现，自己感到特别遗憾！看此情景，海泉心里也有些替她难受，可是作为评委，又岂能因为对她的怜悯、同情而放弃自己更重要的责任，怎能把令她啜泣的这份不太公平的命运，转嫁到其他歌手身上去呢？

正当海泉皱着眉头准备公布最后这个无奈的选择的时候，突然，身边有人伸手叫他，这是一张陌生人的脸。因为节目还在进行，海泉最开始没有听清他的话，但是，海泉却看到几个高大的穿着黑T恤的光头壮汉就围在这个人的旁边，集体怒视着海泉。海泉意识到这是典型的黑道兄弟出来办事的表情。接着，海泉听清的话就和他猜测的差不多："你们最好再给某某某一次机会吧！"这说的倒是"客气话"，傻子都明白这是在明目张胆地进行威胁！

那一刻，海泉的心是又凉又痛，光天化日，怎么会在这样的时间、这样的地点、发生这样的事情？！还没等海泉回过神儿来，这帮"兄弟"已经被赶过来的武警战士推开了。比赛继续，电视镜头里看不到的一幕已经过去了。海泉说："我以人格担保，这个女孩儿最终的落马不是因为我那已被搅坏、搅乱了的心情！"直到最后，这个选手的那些"支持者"粗暴的谩骂声都没有在场内停止过，一直侵扰着正在比赛的其他选手的耳朵，侵扰着所有在场观众的耳朵……直到，海泉他们几个评委在一群武警官兵护送下紧张地离开了剧场。

之后才听说这个女生从海选以来，短信票数一直遥遥领先；听说，她的家人在比赛过程中对她的"关心与帮助"；听说，开"大买卖"的这家人在此地有一定的"影响力"。听说……海泉说：听说什么都不重要！重要的是，对孩子的这种偏爱、宠爱和溺爱,已经在这个晚上发展到了歇斯底里、肆无忌惮的程度!海泉苦口婆心地告诉他们:"就算是这个孩子夺得了本次比赛的最后胜利,也离你们想要的那种成功远到不止十万八千里呢!"此种成功又有何用?!急功近利、目光短浅的父母不会停止对他们掌上明珠的"偏宠溺爱",成者王、败者寇的习惯思考会继续间接地重压在小女孩儿的肩上,让她未来人生的每一步都走得不容易!真有一夜成名、一步登天的事儿吗?真的要这个孩子相信,世界上的各种成功都会因为走"捷径"而垂手得到了吗?海泉说:为一夕成名而闹得鸡犬不宁的现实故事在我们的身边还少吗!花钱买名儿的人终究难逃和花钱买官的人一

// 秋思

样的下场,那可就后悔也来不及了!

　　海泉在自己的博客里为这事儿发出忠告:女生某某某,还是要祝你未来一切顺利!最重要的是,别忘了在其他可能失意或失败的时刻,给自己一次最美的笑,那是你最应该做的事情。心想当明星和星妈星爸的朋友们,你们好!我因为这些年积累的专业经验得出了一句箴言,相劝如下:千万别因为这两年电视机里创造出了什么奇迹般的"灰姑娘"的童话,就坚信大街上童话可以像笑话一样遍地都是,于是就也要抛开所有,不顾一切地为了星途"大胆地往前走"了。醒醒吧!珍惜快乐,远离烦恼啊……

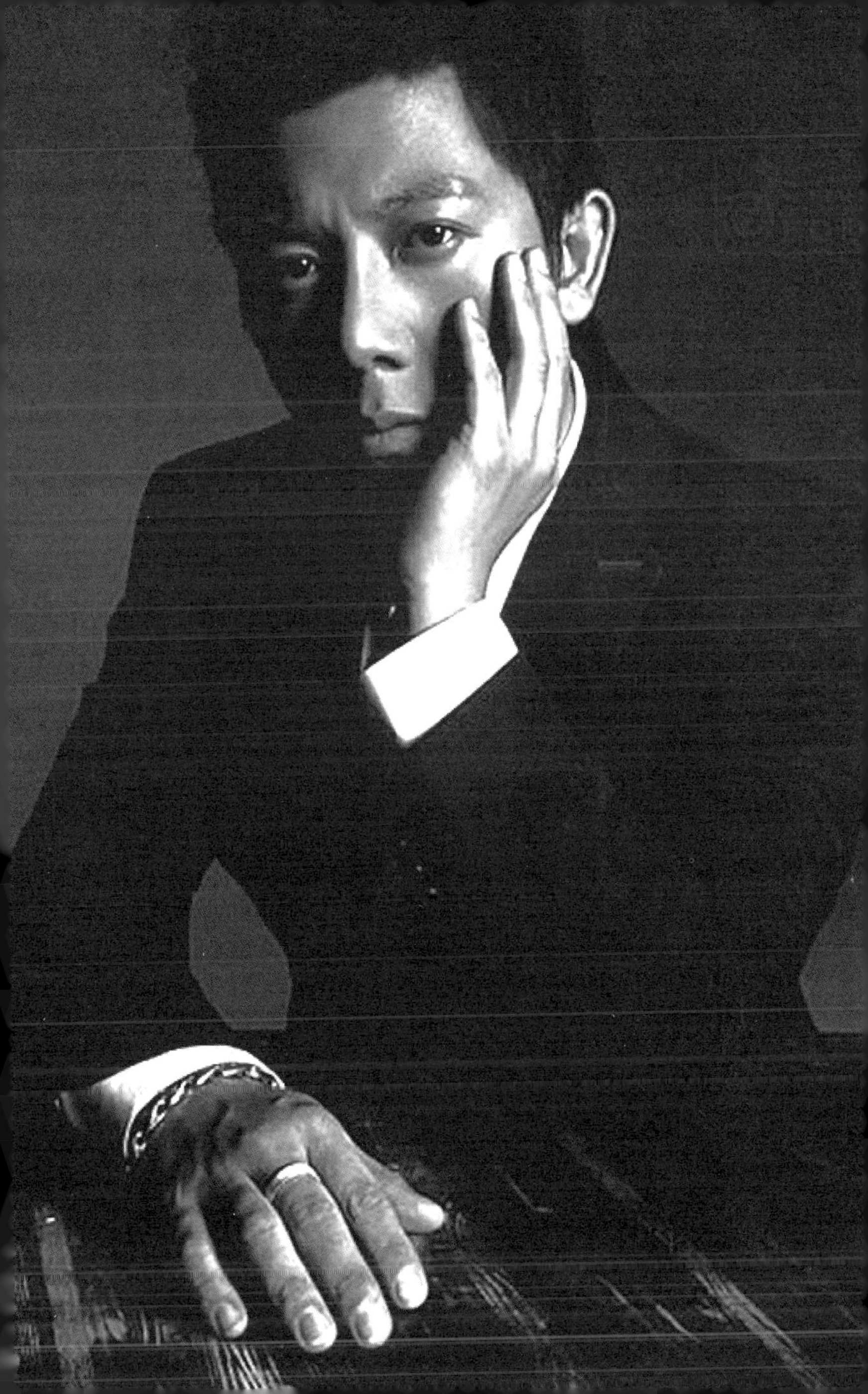

泉·最美
QUAN · ZUIMEI

10. 海泉当EQ唱片董事长的日子

海泉在认识羽凡之前就认识一个叫秦天的哥儿们。他们俩当时什么都没有，只有两颗憧憬美好明天、向往音乐生活的年轻的心。俩人最早创办的录音棚，非常简陋，是在一家大酒店的地下

// 海泉的合作伙伴秦天

//EQ唱片公司标志

室里,只有几十平米,是一个小小的音乐作坊,那可真正是零起步。吃了多少苦,受了多少罪,只有他们俩自己知道。

经过十几年的打拼经营,他们俩共同创办了EQ公司,这是拥有近百人的一个制作团队,有30位艺人加盟。这个公司下设企划宣传部、演艺经济部、版权部、商务部和财务部。海泉任这个公司的董事长,大部分工作都是秦天在那儿主持、管理。这个公司是国内一流的音乐制作公司,以音乐制作、艺人培养及管理、音乐版权管理、唱片录制发行等为核心业务。公司制作部的前身是内地音乐界颇负盛名的EQ录音棚,棚内配备有齐全的顶尖专业录音设备和经验丰富的高水平录音工程师。

数年来,EQ为国内及亚洲当红歌星、团体录制歌曲数千首,是众多知名歌手录制专辑的首选录音棚。曾录制出李宇春的《冬天快乐》、张靓颖的《jane爱》、张娜拉的《功夫》、羽泉的《三十》、瞿颖的《加速度》等影响广泛的音乐专辑。

EQ唱片公司曾打造出马天宇的《该死的温柔》,创造了内地流行音乐单曲发行和下载转发最多的神话。EQ唱片2007年一次推出15张唱片名为《乐宴》之后,很快又推出了22张全新专辑。其中,小文《左眼皮跳跳》、王冰洋《飞雪》、吕雯《我的爸爸》、宇桐非《感动天感动地》、胡雯《大象》,不但是在原来所预期的在彩铃上取得骄人的业绩,在传统唱片业,在艺人推广方面同样成绩惊人。2007年选秀艺人以外,最受业内瞩目的新人非他们莫属。乐评人这样评价:"如果说世界知名的唱片公司,一次推15张专辑还有可能,但在半年内推出这么多专辑,这在全球都是绝无仅有的。"当时业内议论纷纷,大家在观望,这22张专辑还能保持之前的质量水平吗?EQ对此保持了沉默,他们希望用专辑的实力来打动听众和业界。《四叶草》、《我爱的人伤我最深》,选秀人气天王李易峰出手不凡,单曲一经推出,下载量疯狂上升,写真集卖到脱销。2006年超女选秀中,那个最特别的歌手韩真真,她那特别的嗓音和个性飞扬的气质给很多人留下了深刻的印象。韩真真低调的在EQ唱片学习音乐制作并不断的写歌,于是将近两年不发声的她,一发声就《恋上女人香》,用她的音色再次刺激音乐市场。王冰洋《飞舞》、《飞雪》两张专辑推出的气质女声,又会有什么样的变化?激情澎湃的山野,左眼皮跳跳的兄弟小文,感动天地的宇桐非,内地首席金牌女制作人胡雯,EQ唱片SP运营总监和歌手双重身份的吕雯,他们时隔数月又推新专辑,她们的创作精力是那么充沛。22张专辑再次锻炼了EQ唱片的新艺人,因为他们不但是艺人,还是公司的音乐制作人,从第一轮15张专辑,到22张专辑,有太多的新鲜血液注入唱片界,这是华语流行音乐产业一个新的里程碑。

当初海泉和秦天创办音乐公司,就憧憬着积累更多的经验,帮助更多喜爱音乐的人成就他们的梦想。唱片公司的名称是秦天起的,他说:"就叫EQ得了!"海泉立即赞同:"可以呀!"EQ,是音乐设备上均衡器的简称。开始这个唱片公司的标志（LOGO），是两个人肩膀上扛着一个音符，意为背负着音乐使命。现在的标志更简单，更清晰，况且它还代表着中国，有中国民族性的符号：一把二胡，表明要做中国有特色的音乐。

有一次公司副总单俊半夜2点刚回到家，就接到海泉的电话。海泉说，有一个错别字，如果不告诉你，我睡不着觉。平时海泉对公司文案的文字和所有关于文字的事情要求非常严格，包括不允许在标点符号上出现错误。海泉电话里说："我实在不想打扰你，我也知道你刚刚回到家，已经夜里2点了。但我要告诉你，如果我不打电话告诉你那个错别字，我就睡不着觉。"单俊放下电话打一个车到公司立即修改文案。

如果仅仅当歌手，演唱完了也就完了；现在当老总，操心的事情很多，有太多需要思考和处理的工作。海泉说："我一直觉得做艺人和做艺人经济、音乐业务的管理，用的完全是两种思考模式，用的是两个大脑。如果不能很好地转换自己的思维方式和身份的话，就会非常之尴尬。因为做这件事的时候，很多朋友都为我担心，一个艺人，一个歌手，去做公司，这种事情挺多的。两岸三地做这种事的人多，成功的却很少。"海泉说："我并不是一定要证明什么，但是自己的兴趣其实的确不仅仅是艺术创作。另外，在这个行业，目前正在处于特别低迷状态，面临着一个全球性萎缩的状态。在这种情况下，我觉得特别有兴趣去做。在这之前，我有阅读习惯，上了飞机，或在家里睡觉之前，在各种可能读书的地方读书，读的很多是散文、传记之类，慢慢的，阅读兴趣发生了转变，涉及财经类的、社会新闻类的、人类学类的书籍，看得比较多。这与我的兴趣转型有关系。两年来，我一直在努力，我希望，这个行业已经深陷到一个沼泽地里的时候，是否能通过自己的思考，然后通过一个群体的行为，让自己第一个拔出脚来，那是一件不容易的事情，当然也是挺有成就感的事情。"

中国十大品牌规划专家沈青说："人的一生学习的周期很长。过去很多人说我做一个歌手或一个名演员，这就够了，他就可能捅不破天花板了。海泉的兴趣从文化艺术转移到财经管理，这就是不断捅破天花板的过程。每个人都有天花板。一个人从20岁到60岁，你问他一生干了什么？他想了想说，我就在工作，除此之外没有别的了。海泉从歌手、艺人到管理者，跨越是很大的。这就必须有一个很重要的兴趣，伴随着你不断地转型。尤其是在中国这个转型社会里，很多企业，就是因为这个腿没迈好，踩到陷阱里了。这样的例子是很多的。特别是很多市场的陷阱，那是铺满鲜花的。你在上面看的是花，不小心踩下去，它就可能是一个陷阱。所以有很多人、很多企业就亏掉了，转型过程中就破产了。你一定要小心谨慎，办企业如履薄冰，每天都战战兢兢，这是做企业最好的心态。""如果你领了工商执照，今天睡大觉，明天和哥儿们喝酒去了，很快你的企业就会被淘汰掉，这是无情的竞争法则。"

有一句名言：失败是成功之母。海泉把它颠倒过来说，成功是失败之母。成功之前，没有失败可言。一旦成功，很容易产生自满、自傲、懈怠,以及用自己所谓成功经验,去整理出一个主观的经验,然后一味地重复自己,这样不可能不走向失败。我觉得海泉这话说得特别好,很有新意。

每天,海泉都用一点时间自省,提醒自己不要走入误区。

谈到音乐品牌的时候,海泉是很清醒的。他说:"有的不赚钱也要说自己赚钱,这样才能有机会赚钱;有的赚了钱也不说自己赚钱,这样才有机会赚更大的钱。如果开一家音乐公司,就要做很坏的打算,赔钱很正常,但问题是你能赔到什么时候,你觉得你什么时候才能赚钱,这件事情本身除了赚钱之外还有没有更重要的意义,不然就不如开饭馆更能保证赚到钱了。开音乐公司,扶植新人,必须要冒很大的风险,这个行当的产品比任何一个行业的产品风险都会更大一些。"

在做音乐公司之前,海泉有过创业投资的事件,在很短期就看到了失败,引起了他深入的思考。"那是盲目乐观的阶段,以为做人成功了,自满地觉得,我这棵树长得这么好,随便掰下一枝儿,插到哪儿都能长出来。其实不是那么回事!只有在自己最擅长的、最有兴趣的地方,追加自己的能力和能量,才有可能成功。"海泉不止一次跟我说到上述的观点。

海泉与秦天做这个公司,都晓得对方不会去做别的事情的。海泉这个老总非常会节省。单俊问他:"难道我们是小米加步枪的年代吗?"海泉回答:"小米都要数着用才行!"有人说,全世界有两种人最能干,最厉害,一是犹太人,以色列人,一是中国的企业家。中国企业家是全世界最操心的。李嘉诚干到80岁，全球首富之一，现在每天早上仍是5点钟起床，7点钟准时到办公室。世界船王包玉刚，在去世前两天，还坐在办公室里办公。犹太人玩资本运作，中国企业家都是在做实业。海泉说：资本运作，风险投资，在我们这个行业，有一些人每天都在思考。会看到很多事例的后续结果。在整个行业还没找到盈利模式的时候，只谈资本运作其实就是空谈。目前这个行业还没有找到一个很光明的盈利模式。有人来问，你们公司不错啊，流水怎么样啊？卖不卖啊？多少钱啊？海泉认为，做文化不是钱的问题。唱片行业并不景气，从业人员平均收入不比其他行业高，甚至是低的。海泉说，为什么说我们有责任感，

// 在"快乐女声"当评委

因为我们给来我们公司的工作人员以梦想,不是为了找一份朝九晚五的工作这么简单。因有梦想在这儿,工资低也不走,半夜2点还在开会,我觉得值得。海泉这个公司,没有其他企业管理的状态,是类似家庭式的公司。海泉认为做文化产业应该靠思考和创意。从这点看,一个三十几岁的人并不比十几岁的人强哪儿去。海泉希望同他们交流,从这些新鲜血液中吸收养分。

海泉和秦天创建的这个公司,没签大牌歌手,主推新人。这是一个挑战。海泉说,即使我有很多闲钱也不签一些大牌艺人,我不会那么做。这个行业根本的因素不是契约那么简单,很重要的是人与人之间的信任,还有作品本身带来的价值。经营一家所谓的大牌歌手的唱片公司,相对来讲有点被动,成本很高,利润率却很低,风险也大。拥有大牌的公司并不安全。有大牌的公司,有时反而造成对新人出现的阻碍,这两年尤其严重。放眼看去,除电视选秀新人之外,所有的唱片圈里,两三年内没有投资过、推广过什么新人。管理艺人有心理学因素。其实如果看得懂的艺人,不会在乎这个,应该更看重这个团队到底能做什么。

选秀出来的歌手李易峰把海泉当做恩师,海泉把自己的经典歌曲《叶子》给李易峰做了翻唱,李易峰说海泉给自己的感觉既是老师又是朋友,工作中像是老师,生活中像是朋友。

对不同的新人要有不同的路线去培养。海泉在EQ公司,做两个艺人的工作,方式和忠告是不一样的。对创作歌手和非创作歌手的要求是不一样的。对于有天分的歌手，忠告他这个天才并不代表成功，有天分但不要懒惰。因为有艺术天分的人往往会惰性，这个惰性就容易浪费很多的时间和精力。如果你不把更多的时间和精力用到你最擅长的事情上的话，结果不一定是成功。

培养新人，天天都会遇到困难。海泉庆幸有秦天这样的伙伴，有很多单俊这样的同事，这是一个互助系统，不是指向型的，从谁流向谁，然后达到什么样的结果。在EQ公司里，大家一起参与解决问题。公司发行的几百首作品，曲库里有上千首、上万首的作品，海泉参与创作的作品很少。他不想把自己的审美强加到大家的创作里。新人都希望自己的创作得到海泉的肯定。海泉当然也会去听他们的歌。他总是说："我觉得你们会比我好。"新人来了是一张白纸，要鼓励他们敢于创新，把自己的潜力发挥出来，与他们共同探讨，把他们带上轨道。

文化产业如果成功的话，回报率非常之高。一个艺人要成为大热门产品的话，回报率高达百分之几千甚至上万都有可能。但是，这个行业成功率非常之低。海泉说，在这个金字塔行业，尤其是音乐行业，特别是艺人经纪，不成功就是不成功。他举例说，如果是生产杯子，喝水的杯子，一块钱生产出来的，卖不出去，打个折，五毛钱兴许还能卖出去。可是，唱片和歌手，不受欢迎，没有市场，出多少专辑都等于废品。这是很残酷的现实。海泉经常给公司的同事们讲坚持的重要性，但，这是谨慎思考后的坚持，不是盲目的坚持。海泉认为，与他们探讨这样的问题，比与他们具体探讨一首歌写得好不好更为重要。

秦天作词、作曲的一首歌《该死的温柔》，讲述的是男子在女友提出分手之后的伤心情怀，以及对女友的爱恋，这首歌由歌手马天宇演唱，经EQ公司包装制作，创造了单曲下载量的天文数字，火了个一塌糊涂，取得了意想不到的巨大成功。满大街都在唱：

> 你这该死的温柔
> 让我心在痛泪在流
> 就在和你说分手以后
> 想忘记已不能够
> 你这该死的温柔
> 让我止不住颤抖
> 哪怕有再多的借口
> 我都无法再去牵你的手……

海泉说，《该死的温柔》是精心打造出来的。但一个词曲作者一心想写出满大街都唱的歌，未必能写得出来。常常是无心插柳柳成荫。《该死的温柔》火的时候，红的时候，还不是网络普及时代。唱片公司与媒体同业还有歌迷群体，有相对既成模式。现在这种模式被打破了，一切都得从头再来。

一首歌如何红，如何火，如何推广，不再像以前那样，做企划，开个发布会，在媒体上广而告之，就可以达到那个结果了。时代变了，思维要跟得上。

在 EQ 公司，要求所有人都参与歌曲创作。无论是歌手，还是版权部总监，无论是制作人，还是录音师，每个人都有写歌的创作任务。海泉说：在我的概念里，任何人都可以创作，不只是在专业院校上过学、从事专业写作的人才可以创作，每个人都在生活之中，每个人都有情感体验，每个人都有自己对生活、对社会的理解和思考，所以说每个人都可以写歌。写歌没有那么神

// 与歌手马天宇

秘，写歌不是少数人的专利。在EQ，没按要求写出歌来的人要罚款，一首歌罚50元。他们公司有定量，这周要交几首作品，最好是什么风格的，甚至有定向创作。或同样给你一个伴奏，需要你写出不同的旋律和歌词。其实这是一种在实践中的强化训练，当然也是版权积累。每周的作品都由内部投票机制产生排行榜。在有几十个人的听歌会上，所有人闭眼举手投票，最后看谁的歌排在第一名。比如山野，他的作品可能连续好几周排在第一名，他就会获得更高的奖金；懒惰的人，没有写出歌来，就要接受罚款。海泉作为董事长本人，也曾因为没有按时按要求写出歌来受到罚款处理。在EQ，大家是平等的。

产生出来的好歌，人人可以唱，也可以交叉式地唱。到底这首受到大家称赞和喜爱的好歌由谁把它唱出去，这要通过民主投票的方式，最后PK下来，决定谁最适合唱这首歌，这首歌就由他或她来演唱。做歌与做牛奶、做果汁等产品不同，文化产品经营的是人心，要喜欢唱出来，还要让大家喜欢听。一首歌很难做出好坏的区别，市场的认同有时也有很多偶然成分。海泉说，我们要研究的是必然成分在哪里。这样的研究像考试一样，让大家慢慢找到并了解一首作品受欢迎的因素是什么，文字、歌词、副歌、旋律……还有编曲，包括编曲结构，让参与进来的同事们慢慢地了解，一首歌怎么才能更容易被人接受。EQ的每个人都是听众，都是消费者，每个创作者也是听众。

这种调查非常需要。但有时内部的调查也是有限的。海泉和秦天还组织了社会上的问卷调查，把选定的一些单曲不标明词曲作者拿出去，找相对有代表性的职业及人群去调查，请他们写出评价。由版权部总监胡雯召集所有的经营版权的合作伙伴、唱片采购经理、市场总监等，一起再做市场调查。最终选出的作品已经不是创作审美了，而是市场感觉了。

海泉的同事们评价他是平和型、快乐型的老板，他们不叫他"胡董"、"胡总"，而称"胡老师"。在这支旗下，很多年轻人都一专多能，成为复合型人才。像版权部总监胡雯、制作部总监吕雯，都特别年轻，在EQ公司里，她们有自己一摊很繁重的工作，她们参加音乐制作，也写歌，还唱歌。每天都感觉职业修养在加强，能力在提高。这种复合人才的打造与专业人才的搭配，对个人是锻炼提高，同时也可以降低公司成本。所以他们公司才能在头一年发行了15张专辑的基础上，转年又发行了22张专辑。这是在整个音乐行业不景气的状态上，做另外一种思考并实践的结果。

在海泉看来，发唱片并不代表靠卖唱片去赢得

//EQ出品《乐宴》唱片总集海报

回报。有时新版权的经营，并不仅仅是我们传统意义上的载体。公司有战略委员会，他们探讨的不是音乐，也不是个别艺人的培养和某个员工的职业素养问题，更重要的是探讨：这个行业生存环境是怎么样的，往前发展又会出现什么景象，可以预见的两三年内，我们国家的发展将会如何，其他行业，特别是与音乐相关的行业都在做什么。还要研究受众心理学。因为你生产的唱片，是让更多的人听，而不单是音乐人去听。公司的战略委员会，要研究整个社会的宏观环境变化是怎么样的？每个普通的中国人面临着什么样的压力？他们大体的需求是什么？他们的快乐在哪里？其实这就是他们需要投入创作的共鸣点。

在公司，上班最早的是保洁员和财务部门的员工，其他人大都通宵达旦地在录音棚工作，半夜才回家，所以并不要求早上按点儿来上班。

到 EQ 来的年轻人大都怀抱自己的梦想，希望有更多展示自己的机会，希望展示自己的创作和演唱能力。海泉和秦天做的，就是让潜在的人才有一个流通的出口，同时公司本身也吸纳更多的人才到自己旗下。

很多选秀的歌手，是 EQ 公司考察和录用的对象。有的选手接到 EQ 公司的电话，告诉接电话的选手说："我们公司的董事长是胡海泉……"选手一听，胡海泉？可能吗？胡海泉的公司还会这样主动找他，骗子公司吧？开始都不相信胡海泉是公司的老板。一旦知道真的是胡海泉，他们往往又以为到了这个公司很快就可以出名。

海泉对由家长带着前来报名的年轻人说:"你做好准备了没有啊?你是想出名,还是真的喜欢做这件事情?"孩子家长问:"有区别吗?"海泉说:"这一点有很大差别。因为如果不喜欢、不热爱,就不可能很辛苦、很执着地去学习。这个行业又恰恰没有那么容易,以为随便一努力就可以成功,不是那么回事。这是个成功率很低的行业。如果你不是想出名,是真的喜欢干这件事情,那就来做吧。只有靠不懈的努力,坚持下去,才有可能成功。"

任何一个新手进来,海泉或秦天都会告诉他(她),如果你不在公司录音棚里试唱几百首歌,就不可能出唱片。你没有试唱过各种各样的歌曲,你还不了解自己,还没有把心态调整到准备做一个职业艺人,哪怕你是很知名的选秀歌手。海泉和秦天认为,尝试唱各种不同的歌曲才会慢慢发掘自己更适合哪一种,才能找到并清楚地认识自己的音乐个性。

EQ实施新人培训计

划。让有志从事这个行业的年轻人，不管他未来做什么，都可以参与公司的工作，用他（她）的智慧跟着海泉、秦天一道去激荡一个崭新行业的开始吧！

用海泉的话来说：迈出第一步，就有可能走出一条路！

2011年9月末，我看到某报记者吴影对海泉的采访，说"他身兼歌手、制作人、评委多职；他制作了马天宇、李小双等人的个人专辑；张靓颖、孙燕姿等大牌歌手都在他的录音棚录音"，说羽·泉曾经是大陆乐坛最火的人气组合。而今，胡海泉和陈羽凡显然频率放慢，做评委、做幕后，似乎多少有点"不务正业"。采访胡海泉时，面对记者"近些年来作品少"的追问，他却说目前是自己最放松的状态，不看重结果，充分享受过程。因为心态上放松了，所以无论是做歌手、做音乐制作人、管理唱片公司，胡海泉都能够游刃有余。出道12年，这种内心的转变使他华丽转身，每一个身份之下，都做得风生水起。也正因为这些身份，胡海泉对整个音乐市场和环境的认识，有了一个不一样的角度。

当记者问到做"快乐女声"评委的心得时，海泉说："心得谈不上，其实音乐是靠感动，不是靠煽情，时过境迁之后只有感动能留下来。'快女'不是《达人秀》，也不是音乐学院的期末考试，它是充满了励志意味的真人秀。几个月前，段林希还是偏远地区的一个不知道明天在哪里的酒吧歌手，而今成为'快女'冠军。这种极具有传奇性的经历让很多怀揣音乐梦想的年轻人坚信：通过努力最终可以实现梦想。"当记者问到当评委不容易，倾向性挺明显的，怕不怕网友拍砖？海泉说："做任何事情都是有人肯定，有人否定。做评委需要理性，但作为人，不可能没有感性的成分在，尽量尊重我内心真实的想法，从专业的角度给予评价。"

记者问："段林希身上哪些特质吸引你？"海泉回答："她的歌有人情味儿，这是最打动人的地方。从专业角度讲，苏妙玲缺乏演唱的能力，但她进步也很快。其实这是一个神奇的舞台，因为粉丝的效应，谁也不知道谁将成为巨星。"海泉说："有时候粉丝造就偶像，什么样的偶像就有什么样的粉丝。其实在一个大市场的环境下，

// 力挺段林希

歌星里头粉丝最多的应该是张学友、成龙这样的人吧？他们才是'耐用品'，而非'快消品'。有时候我们看到选秀歌手粉丝很多，其实这中间有个聚集效应，相对大市场而言，这些粉丝的消费力没有想象的那么强。"在这里，海泉谈到"耐用品"和"快消品"，很耐人寻味。记者问海泉，作为一个音乐公司的老板，会不会因为歌手的粉丝群庞大，人气高，就包装他（她）？海泉明确地回答："不考虑，看重的是歌手的个性、性格特质。粉丝崇拜偶像，很多时候是因为他们从偶像身上看到自己或者偶像实现了他们心中的一个理想。只要将一个歌手的特质挖掘到极致，一定有粉丝追随。"记者问："除了歌手，你还是音乐制作人，同时也管理唱片公司，这岂不是很忙？"海泉回答："其实我目前的身份不仅仅是词曲作者，更主要的是制作人、出品人，主要把握企划方向、发行方向，并没有花太多时间在录音棚。"记者问："做一首歌大致是什么样的流程？"海泉说："简单地说就是作词作曲，进录音棚录制音效、人声，然后是后期制作，最快一两天就完事了，但是一首好歌，并非这么简单就能出来。"记者问："你觉得什么样的艺人最有潜质？"海泉说："这个问题无解。其实现在音乐市场是个混乱的赌局，行业的精英模式已经被打破，传统的音乐生态已经改变，怎么做都无法达到过去的高度。"记者说："网络也曾经是出歌手的地方，但据了解以前曾经很红的网络歌手，而今际遇好的没多少，很多转行。"海泉说："什么网络歌手、晚会歌手、唱片歌手，我不认同这种概念。英雄不问出处。网络时代，所有人都是网络歌手，任何歌手都需要接受市场的检验。其实我们特别爱追逐热门，比如大街上的商铺，如果大家都放一首歌，你没放，好像就很落伍似的，结果满大街都是那首歌，好像很繁荣，其实只是传播渠道的事儿。很多歌，听众很广，但基本不会被人拿手机外放，让满车厢的人都能听到，只是私下里传播。这样的歌，你不能说它不红。"记者问："面对这么多的后起之秀，羽·泉的未来在哪里？你们一直在强调羽·泉不是一组艺人，而是一个品牌。就目前的这个状况来看，这个品牌是否还具有商业价值？"海泉回答："其实这真不是后浪推前浪、前浪死在沙滩上这么简单的过程，大家都努力地通过做一些自己认为对，并且对社会有正面影响的事情，来实现自我价值。我和羽凡看似出道很久，我们经历过很多，正处于当红却迷茫的状态、潜心创作却非常烦躁的状态、不问结果并享受过程的状态。目前忙这么多事儿，不是说我把音乐放下了，而是敞开心态经历生活，捕捉灵感碎片，再将这些灵感记录并且整合。"

在海泉的意识里，经常灵活地变换着歌手、词曲作者、评委、音乐公司老板、制作人的角色，没有哪一个角色对于他是不重要的。

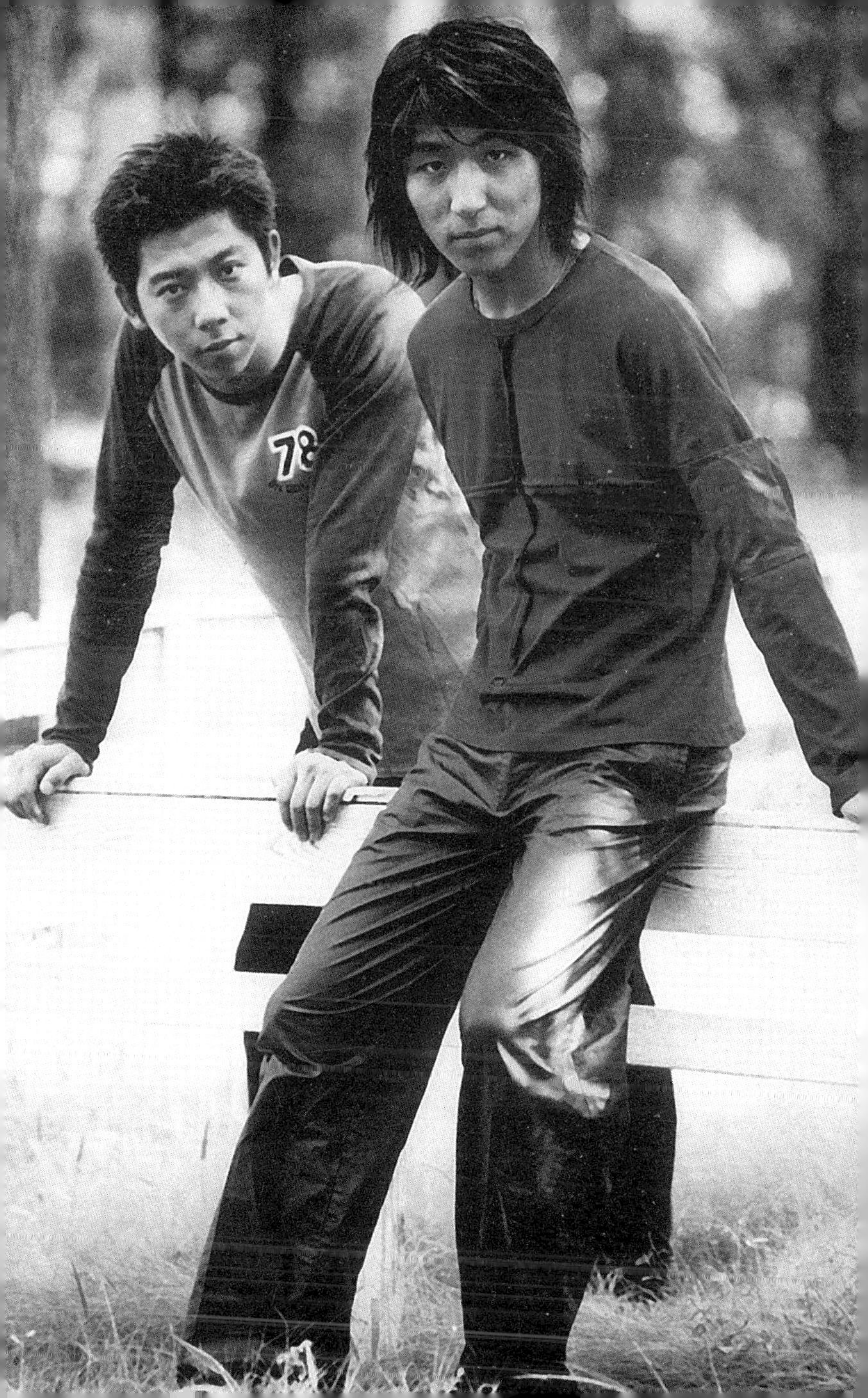
78

11. 海泉和羽凡的缘分是上天给的

十多年来，羽·泉被媒体称为少有负面新闻的艺人。能提起的非正面新闻大约只有一桩，还被羽泉处理得很尽人意。这就是曾经因为与原来

// 一起寻找梦中的未来

的滚石唱片音乐娱乐有限公司没有解除合约擅自发片、接商演,被法院判决违约并赔偿200万元的事情。羽泉在申诉被驳回的情况下,很快给老"东家"赔付了违约款。赔款后第二天,海泉致电滚石唱片公司有关负责人:"请转告段钟谭先生,案子已过去了,我们的友谊可以重新开始了。""友谊可以重新开始!"滚石老总接到这个信息非常意外,也非常开心,没想到羽泉会如此大度地处理轰动乐坛和社会的一桩赔付案,真的是没想到啊!本来案子就不是羽泉应该负责的事情,这完全是公司与公司之间的纠纷。中间有很多的误会。滚石老总高兴地邀请羽泉出席2011年5月滚石30年鸟巢万人演唱会,羽泉愉快地接受了邀请。当时的报道说:"亮点:这部分是

// 羽泉庆祝滚石30年

属于男人的感动。杜德伟将演唱《情人》、《钟爱一生》,而羽·泉演唱《最美》和《冷酷到底》。周华健带来了属于他12分钟的经典串烧《花心》、《让我欢喜让我忧》、《风雨无阻》、《爱相随》、《有没有那么一首歌》等,这个时段应该是全场的最高潮之一……"海泉处理这件事,让我想到了我的一个经历:我开车与一小伙开的车发生剐碰,事故处理之后,我和小伙竟成了好朋友,甚至连续两年春节他从河南老家探亲回来都给我家送香油和特产……

这些年来,媒体在羽泉身上做非正面文章最多的就是两个字:"解散"。一波一波的,大约有十几波吧。经常会在媒体上看到羽泉解散的风吹

草动。

2006年1月,有人在网上发帖子:"内地响当当的名字——羽泉!新近出了一首新录的单曲《和不爱我的人说再见》,这是羽泉中的陈羽凡和一个听都没有听过的歌手湘海唱的,这次羽凡的搭档怎么会是湘海而不是海泉,难道羽泉要解散吗?羽泉的解散是不是意味着内地的崩溃,羽泉无疑是内地老大抗靶子,出道7年出5张专辑,销量总数超过500万,人气十足,这是他们公司华谊兄弟的安排还是私人问题,羽泉难道出了矛盾,或是互相不再给对方刺激,或者是别的,种种原因!让人意外啊!"

一石激起千层浪。有人说:"应该不会的,羽泉经历了那么多,不是这么容易解散的。"有人说:"相信羽泉,支持羽泉。"有人说:"羽泉是完美的结合!他们两个分开了就不会有现在好,他们的声音,刚柔结合,海泉作词厉害,羽凡作曲厉害,而且两个人配合这么多年都很默契了,我觉得他们两个加起来是一百的话,分

// **总看着同一个方向**

开后一个肯定会小于五十！"有一位歌迷这样说："我们不允许羽泉解散！说这句话之前我有点诚惶诚恐。我不想过激地去理解这件事。我只是作为一个理智的歌迷，客观地说一下我的想法。你们听过《和不爱我的人说再见》这首歌么？是羽凡和一个叫湘海的男歌手唱的。……羽凡，你不能因此就解散'羽·泉'！就算是把羽泉变成三个人的SHE，也请你们不要解散。昨儿晚上我哭了。听着这首歌我哭了。10年来陪我成长的羽泉……"

距这次因羽凡与湘海合作引发的解散风波不到一年，又传出羽泉要解散的说法。有媒体问海泉这是怎么回事？海泉告诉记者："对于解散的

// 陪着你打造一片天地

传闻，就好像在说'狼来了'一样。"10年里，羽泉经历了那么多的风风雨雨，也是顶着不断传来的"狼来了"的传言走了过来。

当时报纸上有板有眼地说，在专辑的制作过程中，海泉和羽凡常常吵得不可开交，除了在专辑主打歌的选择上各不相同，海泉坚持要把《朋友难当》当做主打歌，而羽凡认为《翅膀》更具代表性外，在专辑封面的选取上，海泉和羽凡的分歧也很大。有人就说了："这个世界充满了分离与聚合，羽·泉不是神仙，解散也是迟早的事情……"

有人发布了预言："天下大事合久必分、分久必合。这句中国古话用来形容娱乐圈的音乐组

// 包容与默契产生巨大能量

合很合适。回顾华语乐坛,曾出现过不少优秀的音乐组合:优客李林、小虎队、无印良品、信乐团到最近刚刚单飞的SHE里的HEBE,这些组合始终没有逃过分道扬镳的宿命,羽·泉也不例外。……你们看着吧,他们就会宣布解散了!"

有一个歌迷去姥姥家,她那从不关心娱乐新闻的姥姥,有些着急地对她说:"洋洋,你知道吗?羽·泉要解散了!"洋洋笑了笑。一是笑家人受她影响太大了,年近70从不关心娱乐界的姥姥也帮她关心起羽泉来了;二是笑这条传言已经见过了,一看就是瞎说,根本不在意。于是她说:

// 我们是爱上浪漫的好朋友

"别听他们瞎说,哥儿俩好着呢!"可没想到姥姥又着急地说:"报纸上说了,他们俩只是表面好,不和也不是因为个人恩怨,是在音乐理解上的不同,还说什么他们的经纪人都证实了!"说着就拿报纸给她看。洋洋又惊又晕。惊的是70岁的姥姥说话怎么这么专业啊?晕的是,这报道得影响多少人啊!这天晚上,电视上实况转播"舞林大会",洋洋看到最后,羽凡的一段话,让她和所有的人一样感动,羽凡说:"海泉身体里的每一部分都属于羽泉,羽凡身体里的每一部分也是属于羽泉,这里有海泉的脚印,他这只脚印会伴随羽泉,伴随所有喜欢羽泉的朋友们,我们一直

走到永远……"洋洋笑了,她宽心地笑了。她马上把这个好消息告诉她的姥姥,姥姥也笑了。

听到羽泉要解散的传闻,有一个歌迷惊呼:"羽泉要是解散了,世界会变成什么样子?我会哭3天3夜,绝食4天4夜,不喝水5天5夜……"

发行《三十》专辑之后,羽泉解散的传闻又沸沸扬扬起来。继羽凡和湘海合作《和不爱我的人说再见》之后,海泉也献声EQ公司新人周奇奇。这首名为《还有一个他》的情歌对唱歌曲,一时间火热传播于各大网站。海泉为EQ唱片旗下合作艺人担任制作人,除了花大力气狠抓制作,保证质量之外,还与实力不俗、声音甜美的新人周

奇奇合唱一曲《还有一个他》。有人说这是海泉不甘现状，要发展新的组合了。与他合唱情歌的周奇奇很兴奋地表示，能得到海泉老师的帮助是一件很幸运的事情，相信这张专辑会是一张优秀的作品。自己也会尽最大的努力，做到最好。海泉则称赞周奇奇是一个很有实力的新人，站在音乐制作人的角度上，他很欣赏周奇奇。而且这首对唱情歌还是海泉第一次与女歌手合作，歌曲本身也带有浪漫、神秘的色彩。人们在猜测，海泉与新搭档到底会有怎样的火花擦出来呢？会不会替代老搭档陈羽凡呢？

开始，听到媒体说羽泉要解散的时候，我也发蒙。我很紧张地打电话问海泉有没有这回事。海泉总是说："爸，不会的，我和羽凡不会解散的。放心好了！"经过了几次这样的折腾，再有这样的传言我就不再发蒙了，因为我知道他们的底细。

当初，海泉和秦天创办音乐公司，我就想，为什么不和羽凡一块干呢？当我听说羽凡在做动漫公司、成立凡人文化公司，组建瘦人乐队，我也想，为什么不和海泉合作呢？海泉告诉我，他们两个人各有各的想法和做法，他们俩每个人事业的延伸，都是羽泉的一部分。那一年，羽凡去拍电视剧《与青春有关的日子》，做主角，一去去了大半年。

媒体报道：那英的小孩满月那天，好友羽泉并未双双前往，现场只见胡海泉独撑面子。记者了解到：陈羽凡早在11月初就南下广州拍戏，留胡海泉在北京独自做音乐。难道羽泉久未露面已生变故，也要单飞？近日记者终于接通他们经纪人

// 羽凡在《与青春有关的日子》剧组
// 陈羽凡和白百何在剧中

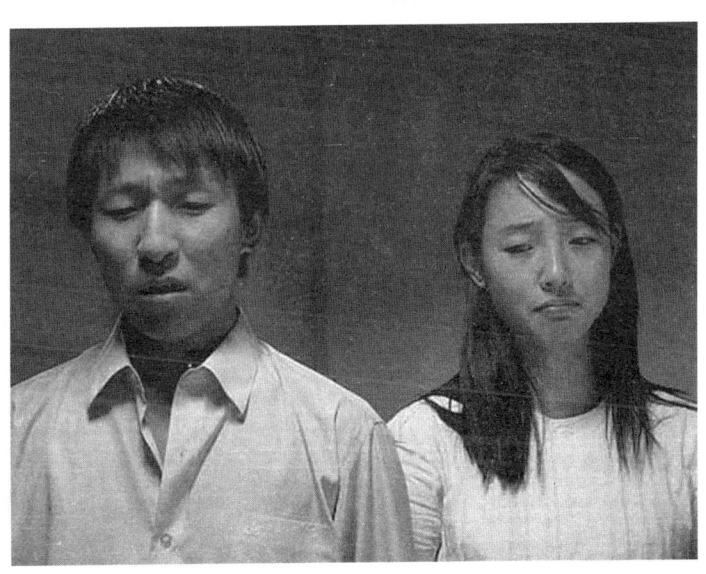

的电话，并随后联系上了正在广州拍戏的陈羽凡本人。他们虽然对羽泉单飞进行否认，但是两人目前一个拍戏，一个做音乐却是事实。对于羽·泉来说，这一年也许是他们最寂寞的一年，媒体的曝光率非常低，这很大程度上与他们久未推出新专辑有关。

羽凡在接受采访时说：之所以出演这部电视剧，主要是因为他本人与角色实在太像了，"这个剧本让我非常感动，在看剧本时不止一次地流泪，让我有一种很想演的冲动！我也是一个很怀旧的人，他们经历的那些生活我也算赶上了一个尾巴，小时候也穿过那样的蓝裤子、懒汉鞋，背过军用书包，用钢笔在书包上画画等等。而且导演对我说，你根本不用演，只要把台词像平时说话一样说出来就好了。"羽凡说不想让别人觉得他是"唱而优则演"的人，作为男主角，他是有压力的。让羽凡觉得庆幸的是，这个剧组的演员大都是和他同龄的年轻人，他一到剧组很快就和大家成了朋友，大家都尽可能地帮助他。有时拍他的镜头时，佟大为和其他演员都站在一旁帮他搭戏。大家的帮助减轻了他大部分压力。羽凡对记者表示，他是认真地考虑了4天才开口跟海泉商量自己去不去拍电视剧这件事，他真的不在乎别人怎么看，但他非常非常在乎海泉的想法，他不希望因为他去演电视剧影响到海泉的生活和工作。没想到，他根本没想到，海泉非常支持他去演这个戏，支持他做新的尝试，一直给他鼓励，并且南下去剧组探班，这令羽凡非常感动。

我与海泉说到这件事情时，海泉说，羽凡想做的事情一定能做好，他拍电视剧取得成功，也是扩大羽泉影响和声誉的一部分，是羽泉音乐成果的外延。海泉在春风文艺出版社出版那本《羽泉之泉静静地流——胡海泉：诗与写真》时，他特别强调时机和影响。他说，这一定要成为增加羽泉分量的一个环节，在羽泉两个专辑发片之间，作为羽泉工作的一部分，否则，这本书就不能出。海泉说，他和羽凡会各自去演戏、做主持或者是独立发行音乐，但都不代表羽·泉不再合作了。

有记者问海泉：你们一直说羽泉不解散，但天下没有不散的筵席，你们觉得能够一直合作到

// 羽泉口述传记《最美》封面

什么时候？海泉回答：这个很难讲了。你打电话过来之前5分钟，我还跟羽凡两个人在电话里争论。争论关于我们现在演唱会制作的流程方案、团队组建这些事。可能外人看这是两个人在闹不愉快，但这就是羽泉生存下来一个最重要的方面，我们有一个值得争论的目标：通过争论，把事情做得更好、更完美。两个人的互补性能够帮助羽泉一直走下来。海泉告诉记者，我刚才还在电话里跟羽凡说，如果我是一个像他那样感性的人的话，我们可能早就走偏了。很多事情我是理性地去构架，他是感性地完成内容的部分。这就是两个人最重要的互补。

如果想知道他们哥儿俩亲密的关系，不必看

// 羽泉真诚致谢

别的，看看他们过生日时彼此的祝福吧。

我在北京海泉的住处，曾亲眼看到海泉为羽凡过生日在钢琴前弹唱的献给羽凡的祝福歌，歌词与曲子都是海泉专门写给羽凡的，歌词是这样的：

> 我们两个走过风走过雨
> 坚定的眼神给彼此温暖
> 黑暗之中不曾迷失彼岸
> 是因为你的手在我的双肩
> 洗去旅途的疲惫你不倦的双眼
> 穿过我固执的脸像地平线
> 你注定是上天给我的缘
> 你已经是我生命中的另一片天
> 你我共渡时间海的一瞬间
> 画出最精彩的弧线……

"黑暗之中不曾迷失彼岸，是因为你的手在我的双肩"；"你注定是上天给我的缘，你已经是我生命中的另一片天"，说得多么好啊！

而海泉有一个生日，他自己因为忙碌着制作新专辑，竟无暇顾及此事。我在海泉生日的第二天，听到他这样的叙述："本以为昨天的生日要在录音棚里平静地度过了，到了晚饭的时候，我身后的羽凡消失了，不经意间我发觉棚里的所有工作人员的脸上都有一种异样的表情，顿时对羽凡的失踪心生疑惑。果不其然，有同事走过来劝我休息休息，说去羽凡的'五月花'酒吧待会儿，有些朋友也会来一起坐坐……刚走进'五月花'的大门，就听见一声声彩炮齐响，顿时我的身上就缠满了彩带。没想到屋子里已经挤满了同事和朋友以及羽泉北京歌迷会的成员们。酒吧舞台的巨幅喷绘上竟然是我的大大的头像和'祝海泉生日快乐'的条幅！耳边是大家齐唱的《生日歌》。羽凡站在舞台上的特大号蛋糕旁，'含情脉脉'地看着我，操持着我看到的这不可思议的一切！于是狂欢开始了……不是所有人都有机会过一次如此出人意料的生日Party，我能够体会到

羽凡密谋这次给我惊喜的那种精心的策划，能体会我踏入酒吧前每个人屏住呼吸等待给予我欢呼的那种期盼，被这么多人爱着是多么多么幸福的一件事情，被这样一个世上无二的搭档用心关怀着是多么多么幸运的一种缘分……我的记忆里又多了一次'爱的阴谋'，我的生命里又多了一次'被爱的狂欢'……"

很少写诗的羽凡也为海泉的生日写了一首诗：

> 我愿是风
> 是无色是无味是透明

// 两个出色的儿子

这样选择

是为了隐藏我的伤感

而我的快乐是你的脚印

无论走向何方

或翻山或越岭或飞越海洋

我愿跟随你的身后

化做你的背影

　　羽凡真的是非常透明的一个人，正像海泉说的，他是那样正直和可爱，他对所有的人都不设防，他对海泉更是情同手足。他见到我和我老伴总是称"爸"、"妈"，他说这个世界上有两个人他永远不会分开，男人是海泉；女人是白荷——他的妻子。

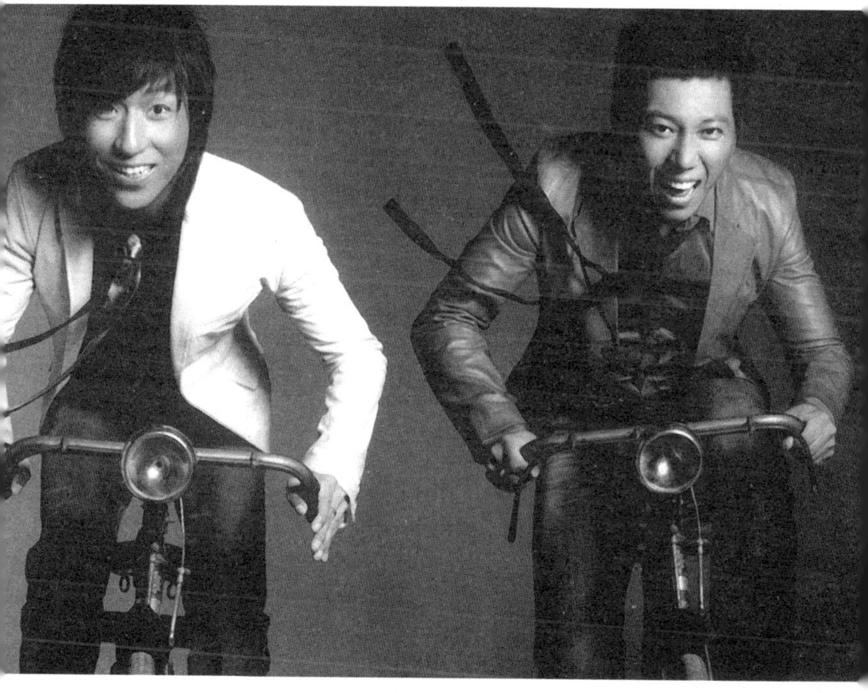

泉·最美
QUAN · ZUIMEI

12. 海泉携羽凡之手走过 10年音乐旅程

海泉和羽凡携手走过了第一个 10 年的音乐旅程，他们已经开启第二个 10 年之路。他们一再重申：我们不一定是最棒的组合，但我们要做

// 有梦做翅膀

一对最长寿的组合。

在圈内，海泉和羽凡有好口碑，有好人缘，在他们祝贺10年旅程的时候，有很多亲朋好友给他们发出了由衷的祝福。

1998年，他们尚未出道，还在为首张专辑《最美》拍摄封面照片，他们和公司同事及摄影师共6个男生挤住在青岛一间简陋的旅馆房间里。当他们闻知前辈偶像周华健在这儿开演唱会，便前去探望。周华健对羽凡、海泉亲如兄弟。周华健听了他们的歌，给了很高的评价，并专为他们的首张专辑写了一首歌《转弯》，表示对他们的赞赏和支持。周华健还把他们的歌带，寄给许多电

// 羽泉和周华健相聚的快乐

台，热情地加以推荐，说这是他非常喜欢的一对新人，希望大力帮助。周华健在香港红堪体育馆举办个唱，专门邀请羽泉做现场嘉宾。这是海泉和羽凡第一次在香港表演，他们看到台下有诸多他们喜爱和崇敬的大牌艺人，还有新加坡总理夫人等诸多贵宾。华健大哥对他们的提携和力挺，令他们非常感动。周华健还曾在台北自己家中亲切接待他俩，华健大哥对他们非常了解、非常熟悉，他说："羽凡如果是辣椒的话，那海泉就是甜品，如果羽凡是一块牛排的话，那海泉会是水果，刚刚好的，一火一水、一冷一热。"华健说："羽·泉加油，我们需要你们的声音，我们需要

// 为友情干杯

你们继续去创作更多的好歌，我们需要你们在一块的时候带来的能量，这个世界需要你们，我们的聆听更需要你们，不要停，共勉之！"

中国内地顶尖音乐人张亚东曾与羽泉有过多次多项合作，他这样评价羽泉："时间是一把钥匙，能够自行甄别出珍贵的友谊，10年，两个人，足够经历太多的分离和变化。但羽泉10年的努力，却让我们看到他们仍旧是最好的音乐伙伴，仍旧和他们的音乐一起感动着我们，这本身就是一件难得并非常美好的事情。"

陆毅和海泉是十分要好的朋友，2002年陆毅出写真集的时候，特地约海泉给他写了一首诗放在书中。陆毅约了自己的爸爸妈妈和海岩、唐季礼、赵宝刚、赵薇和海泉为他的书写了赠言。海泉在这首题为《守候淡泊——赠友陆毅》的诗中这样写道："也许／接踵的人群／是一条婉转而来／又嬉唱而去的河／／我们／就像蚕儿／用一生网织各色的目光／／沧桑世事／最后可能只是一首儿歌／那些珍爱着的梦／那首动听的歌／都终会温柔地守候着／你暖如和风的淡泊。"我在羽泉上海演唱会上，见到陆毅带着他的爸爸妈妈来助阵观看演出。陆毅对这哥儿俩做出这样的评价："羽泉，在我眼里，你们就是一对老夫妻，能在一起10年不容易，珍惜这份友情吧，这在当今之世已经很少见了……"

著名影人周迅对他们俩说："嘿！你们俩真就10年了？10年啊，让我小小地感叹一下，那该是怎样一个充满故事的

10年！那些明媚的、忧伤的回忆，不光属于羽泉，更属于所有喜爱羽泉的人，当然也包括我啦！而且我更期待你们的下一个10年、20年、30年，哪怕我们都变成老头老太太，满脸皱纹，牙齿漏风，希望那时你们仍然还能像现在一样快乐地唱歌！"

超女选秀涌现出的特别优秀的歌手张靓颖说："记得第一次在电视里听到他们的歌，那时的我还只是个中学生。一转眼，自己竟也成了歌手。我曾很多次问自己，我到底会唱多久？说实话，我不知道。不过看到他们共同走到了第10个年头，我想这个数字对任何人来说都会是种激励。10年，人一辈子能有几个10年，而他们却用10年的时间去证明了他们对音乐的无限激情。"

曾两次请海泉为她的专辑做制作人、把海泉当做"蓝颜知己"的著名影视演员瞿颖这样写道："看似瘦弱却能用高亢的声音让你体会力量与激情，宽厚结实却能用轻柔的气息让你品味浪漫与深情，日渐成熟的音乐风格，源源不断的创作灵感，积极进取的音乐态度……一切从10年前开始，从羽泉哼唱着《最美》闯入我们的视线开始。"

中国歌曲排行榜制作人郑洋说："10年弹指一挥间。回望原创歌坛的烟雨光阴，羽泉组合无疑是最为清晰而闪亮的标志，它不仅仅是落入心底的记忆，因为神话还在继续，时间会记录未来更多的传奇……"

曾任羽泉全国歌迷会会长的七色花这样写道："一秒钟，

偶然听到了《彩虹》;一分钟,决定买一张CD;一小时,被专辑里的10首歌牢牢吸引;一天,沉浸在羽泉的音乐世界里;一个月,羽泉的音乐让人觉得这个世界是明亮的、清新的、充满希望的;一年,逐步领略到羽泉是有魔力的,羽泉的音乐是有灵性的,所有的一切都是跃动的;10年,一对羽翼丰满的双翅、一个完美结合体的呈现,随之体会到斑斓、坚定、蜕变,体会到不断的展现,自我的跨越;下一个10年、20年,下一次永远的期待!"

常与海泉交流心得的著名年轻作家郭敬明这样回忆自己喜欢羽泉的由来并对羽泉两位哥哥发出这样的感慨,他说:"在《最美》唱到街知巷闻的时候,我还是一个背着书包念书的学生,并没有想过有一天可以见到羽泉,甚至与他们认识和熟悉。虽然我们碰面不是很多,但是我每一次都很愉快,感觉他们像是亲切的大哥哥。他们对我也很照顾,海泉每次都亲切地叫我'四儿'。呵呵。在唱完一首又一首风靡中国的畅销金曲之后,羽泉组合也一晃到了值得祝贺和纪念的黄金10年。其实又有多少个组合能够在一起亲密无间合作这么久呢?10年真是一个漫长的岁月啊,足够让一个什么都不懂的小学生,慢慢变成一个大学毕业的家伙。希望他们能够继续唱下去,合作下去,迎来下一个10年,再下一个黄金10年。"

一直陪伴羽泉成长、并肩创造辉煌的著名吉他手李延亮在凤凰卫视"鲁豫有约"第三次请羽泉做客的现场上做出如此的评价:"海泉是一个很慢热的人,也是一个特别有内容、特别有故事、特别有魅力的一个人。"他还讲到与我认识比与海泉认识早，他说："海泉的父亲是著名的军中作家，早20年前我就有幸结识了，后来和作家的儿子共事时，我的内心总感叹着人生的奇妙与戏剧，看来我和这胡家老少还真是有缘到家了。海泉小时候写的想象力超强的诗纯洁如沙砾，每当看到眼里闪烁着睿智光芒的海泉时，我总想起他的那些诗。海泉是个绅士，优雅低调，风度翩翩。"李延亮区别羽凡和海泉，他说："羽凡是一个斗士，海泉是一个绅士。"李延亮说的20年前，是1989年，我应邀采访了李延亮所在的二炮某技术总队，在我所写的长篇报告文学《神秘之旅》一书中，曾写到这支部队的精神文明建设，写到了他们的文艺演出队，当时，李延亮就在这个演出队的乐队弹吉他，他每次下部队都收很多学吉他的战友为学生，所以当他离开部队返回总队的时候，他的礼物总是一小盆一小盆的，他那时就极受战士们的欢迎。

// 羽泉与李延亮

有一次在北京帮海泉搬家,在新房子装修得差不多的时候,海泉首先搬进新居的是一架钢琴。而且搬进来不到一个小时,他就坐在钢琴前,激情地弹奏起来,竟然创作出了一支自己非常喜爱的曲子!其实作为爸爸,我称赞的并不单单是他如此迅速地创作出一支曲子,而是称赞他这样的状态,在心目中把什么放在首位?把事业放在首位!搬家与钢琴这个事例只是一个象征,海泉最看重的是什么?可以看到音乐事业在海泉心中占有多么重要的位置。

一次,海泉做客《李霞有约》,李霞问海泉:你认为生命中最重要的是什么?海泉回答:当你参透一些大的真理之后,比如,生命是短暂的;比如,人类是渺小的,你会觉得生命之外,音乐

// 搬家先搬钢琴,调完琴就写曲子

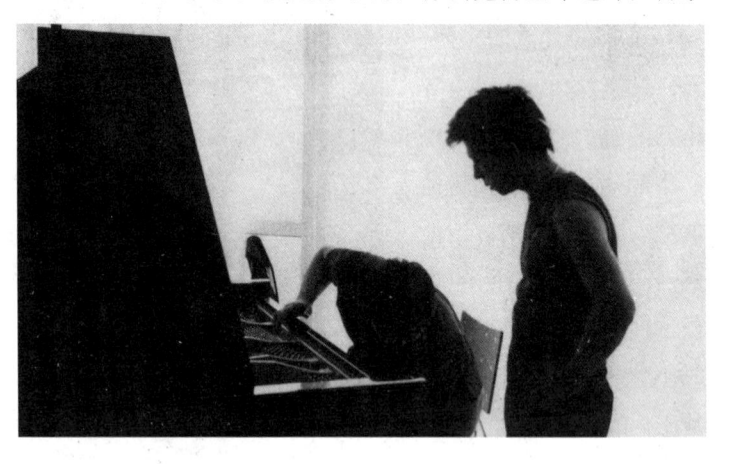

是可贵的。现实生活中有很多精彩的内容，以这样的方式去交流人与人之间的感情，对于我来说，创作与表演带来的快乐，就是我生命中最重要的!

      2011年7月至8月写于沈阳
      2011年10月至11月修改审定

后　　记

这是胡玉萍编辑7年前向我邀约的一部书稿,今日才如愿交给她。所以能在短时间里完成这部书稿,是因了好友李炳银到沈阳来,专邀我为他主编的《中国报告文学》杂志,写有关海泉的两万字。我动起笔来,关不住闸,就把玉萍编辑约的这部书稿也赶了出来。

海泉一直认为我未必能写好他,他认为由年轻的人来写,可能会写得与他成长脉络与心灵轨迹更吻合一些。我不信这个,我偏要写一次。俗话说:"知子莫如父。"这个世界上还有谁能比我更了解海泉呢?有许多人、好几家出版社鼓动我,写一本题为《作家爸爸笔下的歌星儿子》的书。这拗口的书名有点像《大头儿子和小头爸爸》。不管怎样,我写了一稿,肯定会写到许多未曾向他人讲述、鲜为人知的海泉的糗事儿。海泉可能是担心爸爸年纪大,观念与笔法陈旧,不如年轻人写得时尚。可我是尽心来写的,起码把海泉成长的轮廓勾勒出来了,也把作为家长,我和老伴为海泉成长花费的心思也写在里面了。写完这本书我一看,里面大量地引用了儿子的文字,真的是不引不行啊!他这些文字,比我唠叨地去掰扯更有份量。

几年前,一家媒体曾问我,为什么你写了30多本书却没有写海泉的一本?我回答:如果我写海泉的书,就不仅要满足歌迷们了解海泉的愿望,也要成为我从事文学创作生涯中的一部重要作品。但愿这本小书会受到喜爱海泉以及羽·泉的朋友们的欢迎。我愿意听取来自各方面的批评意见,以便再版时将其改写得更好些。

胡世宗
2011年11月25日于沈阳